AF191983

URBÁN SCH
ERIKA

FARKAS
BÁRÁNYBŐRBEN

novum pro

Ez a **könyv**
e-könyvként
is elérhető

www.novumpublishing.hu

ISBN 978-3-99131-695-4
Lektor: Varga Mónika
Borítóképek: Dedmityay,
Akepong Srichaichana | Dreamstime.com
Borító, tördelés & nyomda:
novum publishing

www.novumpublishing.hu

Climate neutral
Print product
ClimatePartner.com/16547-2201-1002

Tartalom

Ajánló

„Áldozattá válni többféle módon lehet. Utcán, családon belül, idegenek vagy ismerősök bűnei által. Elszenvedett sérelmet nem csak a szemmel látható, fizikai atrocitás jelent, hanem a lélekben elszenvedett gyötrelem is. A Farkas báránybőrben című regény a valóság és a képzelet keskeny határvonalán nagyon érzékletesen mutatja meg a bántalmazott kiszolgáltatottságát és az agresszor kettősségét. Éppen ezért tartom nagyon fontos olvasmánynak azoknak, akik vélhetően voltak hasonló szituációban, de elhitték, mert elhitették velük, hogy megérdemlik, ami velük történik. És azoknak is, akik nem értik, hogy ilyenkor miért nem lép az áldozat, miért nem tesz feljelentést, miért hagyja magát. Kiderülhet-e az igazság és elnyeri – e a büntetését az, aki aljas módon aláz meg másokat. A könyv izgalmas, fordulatokban bővelkedő cselekménye ezekre a kérdésekre mutat rá."

Jaksity Kata

Idézet

„Azt mondják a valóság unalmas, egyhangú és a művészet, a fantázia azért kell, hogy szórakoztasson, ezért olvassák a regényeket. Számomra, ellenkezőleg, mi lehetne fantasztikusabb és váratlanabb, mint a valóság?"

(Fjodor Mihajlovics Dosztojevszkij)

Első fejezet

A szerkesztőségünk udvarán álló terebélyes vadgesztenyefa lomb-
koronáján a harminc centiméteres nagyságúra is megnőtt fehér
virágokat kíméletlenül cibálja a szél, miközben a csökönyös gon-
dolatom nem enged szabadulni a gyerekkoromban történt kínzó,
rossz élményemtől. A mai napig érzem azt a bizonyos félelmet,
ahányszor csak a gyerekek kiszolgáltatottságával kerülök kap-
csolatba. A téma minden alkalommal, kivétel nélkül felkavaró
hatást gyakorol rám. A megyei lapnál rovatvezetőként dolgo-
zom és elsődlegesen az emberek egymás elleni atrocitásáról és
erőszakos cselekedeteikről írok. Sokszor esik nehezemre szem-
besülni azzal a hitványsággal és alantas emberi viselkedéssel,
amelyekkel a munkám során találkozom. Azért akartam újság-
író lenni, hogy eljuttassam az olvasókhoz ezeket a történeteket
és megértessem velük azt, hogy kötelességünk megóvni a véd-
teleneket. Régóta tisztában vagyok azzal is, hogy akkor leszek
csak hatékony, ha figyelmeztetni tudok a leselkedő veszélyekre
és megrögzötten bízom abban is, hogy az írásaim fel tudják ráz-
ni az olvasókat az ehhez hasonló témákkal kapcsolatos közöny-
ből. Bármennyire szeretnénk homokba dugni a fejünket, a köz-
mondás igazságtartalmát nem kerülhetjük meg, mert muszáj
szem előtt tartani azt, hogy az „ember embernek farkasa" lehet.

A mai reggelem a többi naphoz hasonlóan kezdődött. A szerkesz-
tői megbeszélésen kapott információ szerint egy tizenegy év kö-
rüli kislányt megtámadott, majd berángatott a házuk liftjébe
egy férfi. Ismereteink szerint, az éppen hazaérkező szomszéd
meglátta a történteket és az ő közbelépésének köszönhetően si-
került időben megakadályozni és elkapni a gyerek támadóját.
Ennyi információ után a kislány szüleivel időpontot egyeztet-
tem, hogy interjút készíthessek velük, de jelen pillanatban még
a felkavaró múltbeli emlékeimben igyekszem rendet teremteni,
mialatt a gesztenyefát néztem, ahogyan a küzd a szél erejével.

Cikázó gondolatként végigfutott a fejemben, amit annak idején, gyerekként megéltem.

– Magam sem tudom már pontosan mikor, de úgy tízéves korom körül lehetett, amikor a barátnőmmel és az ő nagymamájával az egyik népszerű fürdővárosban töltöttünk el egy hetet. Hatalmas napraforgómező közepén állt két faházikó egymás mellett. Az egyikben mi voltunk, de a másik üres volt, ott éppen nem nyaralt senki. Reggelenként, korán a nagymama gyógykezelésre ment, majd visszaérkezése után indultunk el vele közösen fürdeni. Azt az időt, amíg egyedül maradtunk, többnyire társas- vagy más egyéb játékkal töltöttük el. Előfordult, hogy a pár perc távolságra lévő sétáló utcába mentünk nézelődni, mert a kisváros semmilyen veszélyt nem jelentett kettőnk számára. Azon a bizonyos napon a barátnőmmel a séta mellett döntöttünk. A Fő utcában nézegettük a kirakatokat és azt terveztettük, hogy mit fogunk majd vásárolni, ha egyszer lesz pénzünk. A délelőtti kellemesen meleg idő sok szabadságát töltő embert csalogatott ki az utcára. A közeli cukrászda előtti padon ült és bámészkodott egy jó erőben lévő idősebb férfi, aki amint meglátott bennünket, felállt és odalépett hozzánk.

– Meghívhatlak benneteket egy fagyira? – kérdezte tőlünk barátságos hangon.

Ránéztem és azon nyomban felismertem őt!

Emlékeztem, hogy az előző évben a fürdő meleg vizében ücsörgő nagyapám mellett ült és beszédbe elegyedett vele, mialatt én körülöttük úszkáltam a vízben. Rövidesen az idős férfi nyújtózkodva felállt és úgy beszélgetett tovább a papámmal, de közben engem figyelt, majd dicsérgetni kezdett rám terelve ezzel a szót.

– Látszik, hogy milyen tehetséges ez a gyerek – mondta nagyapámnak – meg kellene őt rendesen tanítani úszni és hogy ő eddig már sok fiatalnak segített, akik azóta sikeres úszókká váltak.

Semmi furcsa nem volt abban, hogy ezt a mondatát követően azt ajánlotta nekem:

– Gyere, feküdj rá a két kinyújtott karomra, megmutatom, hogyan kell helyes tartással fent maradni a vízen.

Pillanatokig tartott akkor csak a felajánlott tanítgatása és semmilyen rossz mozdulatot nem tett felém. Gyerekként mégis megmagyarázhatatlanul kényelmetlenül éreztem magamat az érintésétől, ezért kiúsztam a kezei közül és azt mondtam neki:
– Inkább én egyedül szeretnék úszkálni!

Ő volt ott aznap a Fő utca cukrászdájánál, aki megszólított bennünket ezen a reggelen. Ugyanaz a férfi, aki úszni akart tanítani engem.

A múltbeli emlékem és rossz érzésem miatt, hogy „kérünk-e fagylaltot" kérdésre azonnal rávágtam:
– Nem szabad fagyit ennünk ebéd előtt!

A férfi, mintha meg sem hallotta volna a tiltakozásomat, megvásárolta és már a kezünkbe is nyomta a hűsítő édességet.
– Gyertek velem, mutatni akarok nektek valamit! – hívott magával minket rögtön ezután.

A barátnőmmel erre már szinte egyszerre válaszoltuk:
– Nekünk már vissza kell mennünk a nyaralóba!

A férfi változatlanul ügyet sem vetett az ellentmondásunkra, hanem határozottan nézett ránk:
– Jó, akkor várjatok meg itt! Mindjárt kihozom, amit mutatni szeretnék nektek! – és azzal már el is tűnt.

Győzködni kezdtem a barátnőmet, mert nem indultunk el még ezek után sem:
– Menjünk, ne várjuk meg! – mondtam neki, majd gyorsan elmeséltem, hogy találkoztam már az előző évben ezzel a férfival és azt is, hogy nem csinált semmit, de rossz érzést okozott nekem akkor. A barátnőmet az elmondottak sem tántorították el, hajthatatlanul kíváncsi maradt és nem akarta, hogy elmenjünk. Nem igazán csodálkoztam ezen, mert ő az elmúlt télen azt sem hitte el nekem, amikor életemben először a házuktól hazafelé menet az utcán, egy magát mutogató férfi látványától halálra rémülten rohantam vissza hozzájuk. Hitelensége miatt maradtunk ezen a délelőttön is a cukrászda előtt.

A férfi, akiről kiderült, hogy Rezső bácsinak hívják, percekkel később már vissza is érkezett. A kezében hozott egy újságpapírral körbetekert tégla formájú és nagyságú csomagot. Nem tudok visszaemlékezni, hogy miért és mi hangzott utána el, de vele együtt hárman indultunk a nyaraló felé. Kis házunknál láttam, hogy a terasz asztalán maradt egy nagyobb kés, amivel a kenyeret vágtuk reggel fel. Felnőttként már százszor is végiggondoltam, hogy vajon miért volt az első gondolatom akkor az, hogy az otthagyott késsel majd meg tudjuk védeni magunkat. Rezső bácsi leült a terasz asztala mellett álló egyik székre és az újságpapírt kihajtogatta a magával hozott csomagon, amelyből rengeteg képeslap csúszott szanaszét. Mi állva néztük őt, majd a barátnőm odalépett és felvette az ottfelejtett és útban lévő kést, amit bevitt a házba.

– Ezeket a képeslapokat mind külföldről kaptam. Azok a gyerekek küldték nekem, akiket én tanítottam meg az úszásra – mondta dicsekedve a férfi.

A szép lapok látványától, úgy emlékszem, mintha kicsit enyhült volna bennem a félelem, de valamiért mégis jobbnak láttam bemenni és megnézni, hogy hová került az előzőleg bevitt kés. Amikor bementem a házba, a barátnőm a képeslapokat kezdte nézegetni Rezső bácsival a teraszon. Nem tudom már, hogy miért, de nem mentem azonnal vissza a teraszra, de amikor már éppen kifelé indultam volna, a barátnőm rémült arccal pördült be a szobába. Szó nélkül az emeletes ágyhoz lépett és az ágytakaróval erősen dörzsölgetni kezdte a száját, mert a távollétem néhány perces időtartama alatt a férfi magához húzta és szájon csókolta őt. Szavak nélkül is megértettem és kétségbeesetten néztünk egymásra, miközben azt hallottuk, ahogy Rezső bácsi a székét hátra tolja, majd feláll. A dermedt mozdulatlanságunkat az törte meg, hogy láttuk, amint köszönés nélkül indult el a kapu felé.

Régóta biztos vagyok abban, hogy csak a szerencsénknek tudható be az, hogy a férfi meglátta a közeledő nagymamát jönni, a napraforgók közötti poros úton.

A visszaemlékezésemet az szakította meg, hogy a csukott irodaajtómon keresztül hallottam a főszerkesztő hangos kiáltását, amint engem keres.

– Kira, hol vagy már?! El kell indulnod és előtte még beszélni szeretnék veled.

Elfeledkeztem arról, hogy megkért, beszéljünk még, mielőtt elmennék a külső helyszínre. Belebotlottam amikor benyitott a szobámba.

– Tessék Főnök, itt vagyok! Mit szeretnél velem egyeztetni? – kérdeztem.

– Gyere, menjünk vissza a szobádba – tolt maga előtt, miközben becsukta a háta mögött az ajtót – Arról szeretnék beszélni veled, ami már napok óta nem hagy nyugodni. Emlékszel, hogy a műtétemet követően évek óta nem volt semmilyen tünetem? Igazság szerint most viszont kicsit megrémültem, ami igazán nem jellemző rám. Fáradékonyabb vagyok és nem jó a közérzetem sem és a legrosszabb, hogy a betegségemet megelőzően is hasonlókat éreztem.

Néztem ezt a kedves férfit, akit – amióta ismerem – nagyon tisztelek. A szemei alatt lévő sötét karikák mindig egyforma fáradságra utaltak és a riadt arcán kívül semmilyen változást nem láttam rajta. Reggel minden nap ő érkezett legelőször és este mindig ő volt az utolsó, aki hazament. A gyerekei már felnőttek, a felesége pedig odaadó társként segítette és megértette az ízig-vérig újságíró férjét. Soha nem tudtam őt a keresztnevén, Lacinak szólítani. A Főnök mindig arra emlékeztetett, hogy az én szememben ő az, aki mindent tud és bármiben, bármikor számíthatok rá. De azt hiszem, hogy minden kollégám ugyanezt gondolta róla.

A mondatai után aggódást keltett bennem a félelme, amit érez, de igyekeztem eltitkolni:

– Nem gondolhatsz mindjárt rosszra! – mondtam – Te annyit dolgozol, hogy neked inkább a sok munkától lehetnek tüneteid, de azt hidd el, hogy nem akarom elviccelni azt, amit most érzel. Elképzelésem sincs arról, milyen nehéz lehet neked még a betegségnek a gondolata is. Ugye azt tudod, hogy mindenben számíthatsz rám, de én elsősorban azt hiszem, hogy a múlt rossz eseményéből táplálkozó félelem gyötör téged.

– Kira – szólt közbe, figyelmen kívül hagyva szavaimat – senkinek nem beszéltem erről az egészről, ami most foglalkoztat. Kérlek, ha véletlenül a feleségemmel beszélnél, neki se említsd meg! Nem akarom megrémíteni, hogy feleslegesen kezdjen el aggódni, mert tudod jól, hogy ő a betegségem óta, mennyire félt engem.

– Főnök, teljes mértékben bízhatsz bennem és egy percig se izgulj, senkinek nem fogom mondani! – válaszoltam.

– Kérni szeretnék még valamit tőled Kira, amivel a szerkesztőségi ülésünkön nem akartam előhozakodni. Mindenki tudja rólam, hogy csak okkal mondok le munkát, de most az előbb említett nem lehetett publikus. Tudom, hogy ma lesz elég elfoglaltságod és a liftes támadással kapcsolatos interjút is el kell készítened, de ma hat órai kezdettel hivatalos vagyok a lakótelepi új óvoda átadási ünnepségére. A polgármester asszony és az óvodát pénzügyileg támogató cég tulajdonosa is jelen lesz. Be kellene számolni erről az eseményről esetleg egy rövid interjú kíséretében – rám nézve még hozzátette – Nagyon fontos lenne erről tudósítanunk, mert jó, ha az emberek pozitív eseményekről, dolgokról is olvashatnak. Nekem sajnos éppen erre az időpontra kell odaérnem az orvoshoz, ezért szeretnélek megkérni, menj el oda helyettem.

Mélyről jövő szeretetemmel néztem a szemébe:

– Feltétlenül elmegyek és holnapra hozom neked a kész anyagot. Számíthatsz rám!

A Főnök mielőtt kiment a szobámból szó nélkül hozzám lépett és átölelt és talán nem is tudja, hogy az első naptól, amióta itt dolgozom, ő a példaképem.

Rövid időn belül, már másodszor hallottam a lenémított telefonom rezgését. Enikő hívott!

Második fejezet

Évekkel ezelőtt az érettségi bankettemre készültem, miközben a ruháim az ágyra dobálva sorakoztak és én kétségbeesetten csak ugyanazt a kérdést ismételgettem magamban: „Mit vegyek fel?" Nehezen kiválasztottam a szolidan elegáns, előnyös ruhámat, amelyet a színes kiegészítőkkel elfogadhatónak gondoltam erre az eseményre. A külsőmről alkotott elégedetlenségem elég erőt adott ahhoz, hogy mindenkor magabiztosnak mutassam magamat. Nagyjából három szabad órám volt még hátra, miközben már teljesen elkészülten néztem a tükörképemet. Hét órakor kezdődött a bál a város központjában levő elegáns étteremben, ami tizenöt percnyi sétára van a házunktól. A ráérő időm hasznos eltöltésére eszembe villant egy ötlet. Csinosan vagyok felöltözve és ez tökéletes alkalom arra, hogy bemutatkozzak valakinek, akit eddig csak telefonbeszélgetéseinken keresztül ismerhettem meg. Teljes eltökéltséggel, magabiztosan léptem ki a nyári forróságba, amit a délutáni órák sem enyhítettek. Az utcán sétálók reakcióiból próbáltam felmérni, hogy rendben van-e a külsőm. A rajtam átsikló tekintetek elégedettséggel töltöttek el, miközben eszembe jutott az évekkel ezelőtti, nyolcadik osztályos korombéli hiúságom. Igaz, hogy akkor azt az esetet, egyáltalán nem találtam viccesnek, de amikor visszagondolok rá, már mosolyognom kell rajta.

Az általános iskolából hazafelé jövet először vettem észre azt, hogy érdeklődéssel néznek meg azok az emberek, akik szembe jönnek velem az utcán. Furcsának találtam, mert kivétel nélkül feltűnően felejtették rajtam a tekintetüket. Ismeretlen és boldog érzés öntött el, mert azt hittem, hogy nagyon jól nézhetek ki. A pillanatnyi örömteljes hiúságomra rövidesen a csalódás vetett sötét árnyat, mert otthon az előszoba tükréből egy pulykatojás kinézetű arc köszönt vissza rám. Az iskolai utolsó rajzórán az ecsetből rám fröccsent, színes festékpöttyök tarkították és tették feltűnővé a bőrömet.

Sétálva értem a város központjához, ahonnan egy szűk kis utcába fordultam, a megyei lap szerkesztősége felé. Körülbelül egy éve történt, amikor a kamaszokra jellemző merészséggel felhívtam az újság kiadóját. Jogi pályára ügyvédnek készültem abban az időben, de arra jöttem rá, hogy esetleg az újságírás is lehet az én jövőm, mert nagyon szeretek írni. Az elhatározásomat tett követte, mert telefonáltam és ritka szerencsémnek köszönhetően olyan újságíróval sikerült beszélnem, aki türelmesen hallgatott végig és meglepő választ kaptam tőle. Azt mondta, hogy küldjek rövid, öt-tíz soros, színes híreket arról, ami a városunkban történik. Szerintem ő sem gondolta, hogy valaha is még egyszer keresni fogom. A következő napokban rácáfoltam erre, mert rendszeres hírszállítóvá váltam. Olyan „nagy sztorikról" tudósítottam például, hogy kisoroszlán született az állatkertben vagy a helyi nyugdíjasok kórusa első lett az énekversenyen. Ettől kezdve – kevés kivétellel – napi telefonos kapcsolatot ápoltunk Sándorral, aki a színes hírek rovatvezetőjeként dolgozott a lapnál. Majdnem minden pár soros információm javítás nélkül került be a napilapba, amire igazán büszke voltam.

Egyik alkalommal, amikor telefonáltam, Sándor szobájában levő másik készülék hangos csörgése félbeszakította az éppen aktuális megbeszélnivalónkat.

– Ezt muszáj felvennem, tartsd addig a vonalat. – mondta nekem a férfi és felvette a másik, hangos csörgéssel követelőző készüléket.

Akaratomon kívül történt, de hallottam a túl hangosra állított másik vonalon elhangzott párbeszédet. Dombos Zsuzsa nevű nő hívta, akivel könyvről és egy bemutatkozó találkozásról egyeztettek, de az időpontja ennek még kérdésesnek bizonyult.

– Egy tehetséges írónő volt, aki hívott. – kapcsolódott vissza a beszélgetésünkbe Sándor – vele se találkoztam még személyesen, bár régebb óta ismerem őt, mint téged. Hamarosan meg fog jelenni majd az új könyve és én abban fogok segíteni neki. Ezek után rövidre fogtuk és mi is elköszöntünk egymástól.

Az érettségi bankettünk napján az időmbe bőven belefért, hogy személyesen is találkozzak Sándorral. A kiadóhoz közeledve a meredeken felfelé vezető keskeny utca házfalai ütemesen visszhangozták a magas sarkú cipőm koppanásait. Odaérkezésemkor mély levegővétel után az emeletes, barokk stílusjegyeket viselő épület magas kapuját határozott mozdulattal nyitottam ki magam előtt.

A belső ajtón bejutva, a portásfülkéből idős portás köszönt vissza rám és irányított készségesen az emeleti irodához. Az első emeleti irodából, a kopogásomra válaszként, barátságtalan „tessék" invitálás hallottam. Az ablak előtti íróasztalnál helyet foglaló negyven év körüli köpcös férfi nézett fel rám a gépe mögül és az arca azonnal elárulta, hogy egyáltalán nem örül nekem. Úgy nézett rám, mint akire éppen rátörtek, amiben azért volt is némi igazság. Valószínűleg sikerült megzavarnom valami fontos munka közben. Kelletlenül állt fel a székéről és lépett oda felém. Nem tudom miért történt, talán csak a barátságtalan fogadtatása miatt, de hirtelen ötlettől vezérelve a múltkorában meghallott odatelefonáló írónő, Dombos Zsuzsa nevét mondtam ki bemutatkozásképpen. A morcos arcot azon nyomban széles mosoly alakította barátságossá:

– Nagyon örülök, hogy eljöttél! Nem is gondoltam volna arra, hogy ennyire fiatal vagy!

Kisebb pánik fogott el és átfutott rajtam az a gondolat, hogy na, ez biztosan nem volt jó ötlet tőlem! Próbáltam könnyedén válaszolni és nem reagálni a dicsérő megjegyzésére.

– Úgy gondoltam, itt az ideje hogy találkozzunk – válaszoltam zavartan, de a magabiztosság álarca mögé bújva – Talán nem is most kellett volna eljönnöm, mert sajnos nagyon kevés időm van, de szerettelek volna személyesen is megismerni téged. Hamarosan indulok, mert rendezvényre vagyok hivatalos. Ez legalább igaz volt.

Sándor azonban bizakodó mosollyal kérdezte tőlem:

– És a regényeddel hogy haladsz? Összeáll lassan, amiről meséltél legutóbb nekem?

A kétségbeesés határára kerültem: Te jó ég! Még csak ez a kérdés hiányzott!

– Köszönöm, remekül haladok vele! Legközelebb hosszabban beszélhetünk majd a könyvemről, mert kár lenne most, ilyen rövid idő alatt belekezdenem abba, hogy meséljek róla – hárítottam el az újabb csapdabiztos kérdését.

Szerencsére az erre adott válaszomat elfogadta és elterelte a figyelmét arról, hogy további kérdéseket tegyen fel nekem. A kezét kedvesen a vállamhoz érintette.

– Gyere, menjünk át az újságíró klubba, annyi időd még biztosan van!

A pincehelyiség hangulatosan kialakított klubjában cigaretta füsttől szürke homály lepte be a beszélgetésbe merült tucatnyi újságírót. Legtöbbjüket nem zavarta, hogy a megtelt hamutartók felett is rendületlenül fújja a füstöt. A bankettünk elegáns étterme villant be az amúgy is darabjaira hullott gondolataim közé. Biztosra vehetem, hogy ez a szag átjárja nemcsak a ruhámat, hanem a bőrömet is, rövidesen úgy fog tűnni, mint aki egy lerobbant kocsmában töltötte el az egész napját. Ez a felismerés még riasztóbban hatott rám és indokoltabbá tette a mielőbbi menekülést ebből a magam teremtette kínos szituációból.

Eközben Sándor boldogan kísért oda a legtávolabb álló asztalhoz, mert a közvetlen munkatársainak akart bemutatni. Ettől igazán fojtogató pánik kezdte szorongatni a torkomat, de a szorult helyzetben is próbáltam leplezni a feszültségemet. Amennyire csak tellett tőlem, bájos mosollyal nyújtottam kezem a hozzám legközelebbi, idős újságíró felé. Az izgalmam már a tetőfokára ért, aminek következtében teljesen kiesett a fejemből az álnevem, ezért bemutatkozásként csak a Zsuzsát tudtam érthetően kimondani. Az elbitorolt családi név helyett valami érthetetlen, zárt harapással kiejtett szót préseltem ki magamból. Szerencsére ez a furcsaság a beszélgetések moraja miatt senkinek nem tűnt fel. Az asztalnál lévő két másik újságírónak már név nélkül csak a kezemet nyújtottam. A félresikerült bemutatkozást követően zavartan hallgattam a dicsérő szavakat a külsőmre és a tehetségemre vonatkozóan, amelyek nem igazán engem illettek meg. Elhárítottam a kedvességüket azzal, hogy szívesen maradnék, de most csak rövid bemutatkozásra ugrottam be Sándorhoz. A klubban túlélt kínos percekből kiszabadulva visszafelé sétáltunk. Hallgattam, de nem tudtam odafigyelni a mellettem lépdelő Sándor túláradó lelkesedésére. Önmagam leleplezéséhez gyűjtöttem bátorságot, amely elkerülhetetlen volt. A szerkesztőség épületénél nem túl őszintén jövő mosolyt erőltettem az arcomra. Ebben a pillanatban csak én tudtam, hogy nem búcsúzkodásra, hanem bemutatkozásra nyújtom oda neki a kezemet.

Éreztem az arcom lángoló vörösségét, amelyet ekkor már nem a meleg idő okozott.

– Engedd meg, – néztem rá – hogy bemutatkozzam: Kerekíró Kira vagyok.

Sándor a felé nyújtott kezemet pillanatokig nem engedte el. A döbbenettől barátságtalanná változott arcát örökre sikerült az eszembe vésni és legjobbnak láttam, ha minél előbb távozok. Nem tudom, hogy elköszönt-e tőlem, de az biztos, hogy a valódi bemutatkozásom után egy szót sem szólt már hozzám. Hátra se néztem, gyors léptekkel haladtam lefelé a lejtős utcán, mintha üldöznének. Minél előbb szerettem volna távolabb tudni magamat, esetleg meg nem történtté tenni ezt az egész rossz viccemet. Biztos voltam abban, hogy ennek a köztünk kialakított kapcsolatnak akkor és ott végleg befellegzett. De nem így történt! Pár nappal később Sándor felhívott. Igaz, hogy utólag megkaptam tőle, hogy életében eddig még soha senkinek nem sikerült így átvernie és akkor ezért nagyon haragudott rám, de lehet hogy éppen ezért lát bennem fantáziát. Hihetetlen volt ez a váratlan fordulat számomra is, de hetekkel később megkaptam életem első, igazi interjú lehetőségét. Három külföldi művésszel beszélgettem, akik kiállításra jöttek városunkba. Annak idején tizennyolc évesen semmilyen fogadást nem kötöttem volna arra, hogy húsz évvel később újságíróként fogok majd dolgozni ugyanennél a lapnál.

Harmadik fejezet

Az iskola csengője kellemetlenül, hangos berregéssel szakította meg az osztályokban lévő viszonylagos csendet. Egy perc sem telt még el, amikor a kicsapódó ajtókon már özönlöttek is ki a különböző életkorú gyerekek. Hatalmas zsivaj közepette egymást lökdösődve haladtak ellenkező irányokba. A másodperceken belül megjelenő tanárok begyakorlott módon és a gyerekeket túlkiabálva próbálták figyelmeztetni a diákokat az iskola rendjére. Láthatóan ez mindenki számára teljes mértékben értelmetlennek tűnt. Néhány perc után meglepő módon viszonylagos rendezettség látszott kialakulni a folyosói káoszban. Az ebédidő miatt legtöbben már a menzánál sorakoztak vagy az udvarra tódultak ki, hogy lerohanják az órák alatt felgyülemlett és feleslegessé vált energiájukat. Az ötödikesek osztályfőnöke, Enikő az osztályát maga mögött hagyva, hatalmas füzetcsomagot egyensúlyozott az osztálynapló és a kézitáskája között. Kisportolt alakja és – bár nem tudott ilyen ősökről – nagyon szép keleti arcvonása mindenkinek feltűnt, sötét hullámos haja ezt a karakterét még inkább kihangsúlyozta. Szeretett tanítani és az iskola hangulatát, mert a gyerekekkel a mindig történik valami állapot számára a legtermészetesebb. Többször gondolt már arra, hogy 36 évesen még gyermektelenül a diákjai sokkal többet jelentenek neki, mint általában a legtöbb pedagógusnak. A cső alakú, hosszan elnyúló tanári szobában rendszeresen, legalább négy-öt tanár ült az egymáshoz összeillesztett asztaloknál. Legtöbbjük látszólag vakon merült bele az aktuális feladatába, így amikor belépett valamelyik kollégájuk az ajtón, még a fejüket sem emelték fel, jelezve ezzel azt, hogy észrevették az éppen érkezőt. Enikő erről azt gondolta, hogy nem csak a munka miatt nem látnak és hallanak, hanem egyszerűen csak szeretnének kimaradni a tanári karra oly jellemző pletykafolyamatokból.

Látványosan különbséget lehetett tenni a női és férfi kollégák karakterei között. A férfi tanárok egységesen a tudós szakembert szerették mutatni magukon, ellentétben a változatosabb típusjegyeket mutató tanárnőkkel. Közülük a *nem az számít, hogy nő vagyok* típus mindig azt hangoztatta, hogy sem a divat, sem másmilyen hivalkodások nem érdeklik. Nekik kizárólag csakis a tanítás az életük. A *nem szeretek pletykálkodni és nem azért mondom el, de…* tanárnők színesebb egyéniségükből következtethetően mindenkiről, mindent, határozott állítással tudni véltek. Az iskola igazgatója hófehér hajával, sűrű, ápolt fehér szakállával, mintha csak egy meséből lépett volna elő. Sajnos azonban a tulajdonságai is rideg, fehér jégcsaphoz voltak leginkább hasonlíthatóak.

Enikő asztala a tanári szoba legvégén volt, ahová lepakolta a holmiját és miután leült, rögtön nekilátott kijavítani a magával hozott dolgozatokat. Ilyenkor mindig a szeme előtt látta a gyerekeket, ahogy a füzeteik fölé görnyedve próbálnak a legjobban teljesíteni. Az egyik kislány füzetének gyűrött lapjai emlékeztették arra, hogy az értelmes gyerek a szigorú apja miatt mindig idegesebb az átlagosnál. Tanárként fokozott figyelemmel kísérte a diákjait, mert szerette volna azt a bizonyos esetet az emlékeiből örökre kitörölni, de bármennyire is szerette volna, képtelen volt rá. Évekkel ezelőtt az egyik tanítványa egyik napról a másikra változott meg. Bezárkózott és láthatóan nem volt semmire se motivált, különösebben a közös játékok sem érdekelték. Többször megkérdezte a fiútól, hogy esetleg fáj-e valamije, mert úgy gondolta, talán valamilyen betegség bujkálhat a gyerekben. Azt is jól tudta ugyanakkor, hogy a diákok magatartásában a feltűnő változás gyakran otthoni vagy egyéb más problémára utalhat. Jellemzően azonban ilyenkor az agresszív, kötekedő viselkedés lett a feltűnő, mert ezzel akarják felhívni magukra a figyelmet a gyerekek. De ez a tanítványa elcsendesedett, ezért nem kapcsolta be azonnal Enikő vészcsengőjét. Viselkedése, csendessége megszokott lett, nem tűnt különösebben furcsának, de Enikő ennek ellenére eltervezte, hogy rövidesen meglátogatja a családot. A családlátogatásról gondolt elhatározását követő hétfőn a kisfiú nem jött iskolába és a szülők nem telefonáltak, hogy mi a gyerekük hiányzásának az oka. Másnap délután a gyermekjóléti szolgálat munkatársa telefonált és teljes diszkréciót kért Enikőtől, majd elmondta, hogy a kisfiú szülei már egy ideje válófélben vannak. A tanárnőnek azonnali megnyugtató magyarázatot jelentett ez a gyerek csendességére, de azt, amit ezután hallott, még a legrosszabb álmában sem gondolta volna. A szociális munkás a telefonban a továbbiakban azt mesélte, hogy az előző este az anya keresni kezdte a fiát, mert régóta nem jött ki a fürdőszobából. Nem találta ott, ezért kopogás nélkül benyitott a még közös házukban élő férje szobájába, ahol az apa a gyermeküket molesztálta éppen. A felesége döbbenetére védekezésül azt a magyarázatot adta, hogy meg akart valami férfiasat mutatni a gyereknek. A szociális munkás beszámolója után mindketten elnémultak. Végül Enikő annyit tudott csak hozzáfűzni, hogy számíthat a teljes diszkréciójára.

Tanárként ezt az esetet követően, hosszú hónapokig hibáztatta magát, mert nem nézett időben utána akkor, amikor először tűnt fel neki a fiú megváltozott viselkedése. Fél évig járt pszichológushoz, mire úgy ahogy meg tudott bocsátani magának és ennek a segítségnek köszönhetően nem hagyta ott a tanári pályát.

Ismét az előtte tornyosuló dolgozatokra próbálta terelni a figyelmét, de továbbra is arra gondolt, hogy soha többé nem követhet el ehhez hasonló hibát. A felkavaró emlék nem könnyen engedte el a gondolatait. Az utolsóként kezébe kerülő Kárász Anita füzeténél megint elmerült egy pillanatra. A tavaly beíratott kislány édesapja szimpatikus, segítőkész szülőként vett részt eddig az osztályt érintő összes feladatban. Később derült csak ki, hogy egyedül neveli a két gyermekét, mert az anyjuk már évekkel ezelőtt otthagyta a családot, és azóta semmilyen alkalomkor nem kereste a lányait sem. A férfi kisiparos vállalkozóként tartja el a gyerekeit. A szülői munkaközösségben mindenki kedvelte és tisztelte az udvarias férfit, ezért egyöntetűen beválasztották maguk közé. Enikő együttérzően jegyezte meg egy alkalommal a férfinak, hogy milyen nehéz lehet neki egyedül szülőként helytállnia. Az apa ettől nem jött zavarba, de láthatóan nem is örült az elhangzott együttérzésnek. A tanárnő megjegyzését elhárította azzal a válaszával, hogy már teljesen belejött ebbe a helyzetbe. Az iskola farsangi bálján osztályfőnökként sokat táncolt a szülőkkel, köztük a vele szemben is nagyon udvarias Kárász Bélával. Akkor a gondolataiban még az is átfutott, hogy a férfi talán többet is jelenthetne számára.

A kislány füzete fölött visszaidézte ezt az emlékét, de ennek még a gondolatát is kellemetlennek érezte, ráadásul a saját alapszabályát soha nem veszítette szem elől, miszerint: „szülővel soha ne kezdj!". Kárász Anita a csöndes, problémamentes gyerekek közé tartozott az osztály közösségében, barátnőjét is a másik osztályba járó kislány társaságában találta meg. Múlt héten Enikőnek egészen meglepő módon Kárász Béla egy személyes kérdést tett fel. A családok lakhatási lehetőségeiről beszélgettek éppen, amikor váratlanul hangzott el az a kérdés, hogy Enikő egyedül él-e? A szokatlan és bizalmas kérdést Enikő a válaszában kikerülte. Annyit mondott, hogy a nem olyan régen örökölt lakását hamarosan fel kell még újítania. Kárász Béla kisvállalkozói munkájára hivatkozva azon nyomban segítő ajánlatot tett neki. Enikő az ezt még megbeszéljük mondattal hárította el. Minden szimpátiája és udvariassága ellenére valamiért zavarta ez a férfi, amit saját magának se tudott megmagyarázni.

A füzetek fölött elkalandozó gondolataiból a háta mögött megszólaló férfihang zökkentette ki.

Földrajz szakos kollégája kissé türelmetlen hangját hallotta meg:

– Enikő, de fontos dolgon gondolkodhatsz!? Már másodszor szóltam neked!

– Jaj, bocsáss meg! – válaszolt Enikő szabadkozva – A gyerekeken és a szüleiken úgy látszik túl mélyen méláztam el. Mit is kérdeztél?

– Lenne kedved este eljönni velem egyet sörözni?

– Ne haragudj, de ma a barátnőmmel találkozom egy jó hosszan tartó beszélgetésre. – hangzott a finom elutasítás a nőtől.

A válaszára reagálva kollégája megfordult és különösebb csalódottságot nem is mutatott, de magabiztosan szólt a válla fölött vissza Enikőnek:

– Rendben van! De legközelebb már nem mondhatsz nekem nemet!

A nő figyelmen kívül hagyta már a számára amúgy is ellenszenves kollégája reakcióját. Leosztályozta még az utolsó dolgozatot és sietve összeszedte a szétcsúszott tollakat és a gyerekek füzeteit. Indult már, amikor eszébe jutott, hogy Kirával még nem beszélték meg a mai találkozójuk pontos időpontját. Kikotorászta táskája aljáról a telefonját, majd a hívását követően hosszan várt, hátha felveszi a barátnője. Kira nem szerette a hangpostát. Azt mondta, úgyis pillanatok alatt betelik az üzenetekkel és legalább azért sem kell izgulnia, ha valaki hívását véletlenül nem hallgatja vissza. Enikő minél előbb szeretett volna beszámolni neki Kárász Béla által felajánlott segítségről és arról, hogy fenntartásai vannak a tanítványa miatt és szégyellte a férfival kapcsolatos pillanatnyi gondolatát is. Az utóbbi érzését még magától is szívesen elhessegetné. Azóta megértette, hogy az érdeklődésének kizárólag az lehetett az oka, hogy tiszteletet érez az egyedülálló férfi iránt, aki képes jól ellátni a szülői feladatokat. Enikő legutóbb négy évig élt a számára tökéletes férfival, aki okos volt és humoros. Harmonikus életük a mindennapjaikat teljesen kitöltötte. Sajnos az idillnek az vetett véget, hogy a párja egyik nap azzal hozakodott elő, hogy megunta és már nem szereti a munkáját. A közelükben lévő bank középvezetőjeként úgy érezte, hogy a mindennapok őrlőmalomként darálják le az életét, ezért egyáltalán nem érdekelték már a feladatai. Azt találta ki, hogy a jövőben Enikővel közösen, külföldön kezdjenek új életet. Sokat vitatkoztak ezen, mert a nőt nem érdekelte a külföldi munka lehetősége, akármennyire is szerette a férfit. Rövidesen a párja régebbről szerzett vendéglátói végzettségének köszönhetően talált is egy Michelin-csillagos éttermi állást Ázsiában. Látszott, hogy nem lehet őt az utazásról alkotott elképzeléseitől eltéríteni, mert számára a döntés indokoltnak és észszerűnek látszott. Enikő ezt a rendíthetetlen tulajdonságot is nagyon szerette benne és ez adott sokáig biztonságot neki a kapcsolatukban. Ugyanakkor ő nem beszélt angolul, szeretett tanítani és emellett családi kötelezettségei is voltak itthon. Utazás előtt a férfival gyorsan búcsúztak el egymástól azzal, hogy mindketten átgondolják még, hogy miként oldható meg a jövőben a további közös életük. A fájdalmas elváláskor már nagyon jól tudták mind a ketten, hogy a kapcsolatuknak ezzel vége szakadt.

Enikő a tanári szoba ablakán kifelé nézelődve várakozott egy ideig, hátha sikerül Kirával beszélnie. Látta ezalatt, hogy az iskolaudvaron éppen két nyolcadikos gyerek esett egymásnak és az ügyeletes pedagógus csak nagy nehezen tudja szétválasztani őket. A kezében levő telefon ismétlőgombjával újra megpróbálta elérni a barátnőjét, de ismét sikertelenül. Vállára akasztotta a táskáját és hangosan köszönt el a tanáriban ülőktől, amelyre halk morajlást hallott válaszként. Az udvaron ment keresztül a kinti nagykapu felé, amikor az osztályába járó két kislány odaszaladt hozzá, majd átölelték és azon nyomban futottak is tovább. A Lendvay Művészeti Iskola nagy rozsdás kapuja nyikorogva nyílt ki előtte, de a telefon hangosra állított zenéje szinte elnyomta a kapu kellemetlen nyikorgását. Enikő már az első szónál észrevette, hogy mennyire gondterhelt a barátnője hangja:

– Szia Enikő! Láttam, hogy kerestél. Ne haragudj, de szerkesztői értekezletünk volt éppen.

– Hallom az aggódást a hangodon! – mondta Enikő – Nincs semmi extra dolog, csak a mai találkozásunk időpontját akartam veled pontosítani. Tudunk találkozni ma? Vagy ez az aggódó hang mást jelent?

– Enikő! Nagyon sajnálom, de most ebben a pillanatban, nem tudok mit mondani neked. Még mindig megy a további egyeztetés a mai nap feladatairól. Az egyik kollégám megbetegedett és a főnöknek van valami más elintéznivalója, így én fogok ma menni az ő helyszínére is. – nagy sóhajjal engedte ki a levegőt, az utolsó szavainál.

– Rendben van, megértem! Miattam ne aggódj Kira! Jó lenne, ha összejönne, mert meg szeretnék osztani veled valamit és kíváncsi vagyok a véleményedre. Különben is olyan hosszú az a két hét, amióta nem találkoztunk! Kérlek hívj, amikor már biztosan tudsz valamit, én ma ráérek bármikor – fejezte be Enikő.

– Szeretnék én is találkozni veled, de most már mennem is kell! Hívni foglak! – azzal Kira megszakította a vonalat.

Negyedik fejezet

Az autómhoz értem már, amikor azon a jellegzetes, hosszan elnyújtott hangon kiabálta utánam a nevemet a főszerkesztő helyettes. Kizárólag ő hívott így:

– Kiiruuuus!! Várj meg!!

A hátam mögött láttam a nyakigláb, vidám fickót, aki mindig képes arra, hogy a szomorkás helyzetekbe egy kis vidámságot csempésszen. Antal Lászlónak hívták, de senki nem szólította a keresztnevén, egyszerűen Antalnak hívtuk. Egy torta méretű cukrászdai csomagot tartott a kezében, miközben szedte felém hosszú lábait. Tudtam, hogy ne kelljen sokat várakoznom rá, ezért igyekszik ennyire. Megnyugtatóan intettem neki, hogy várok, ne rohanjon.

– Szia Antal! – mosolyogva köszöntem, amikor odaért – Éppen külsőzni indultam, tudod, a megtámadott kislány családjához.

– Igen, tudom Kirus, de úgy láttam a mai megbeszélésünkön, mintha most nehéz lenne neked valamiért megírni ezt a cikket. Lemondta az egyik vállalat igazgatója a mai találkozónkat, ezért nekem felszabadult a délutánom. Szívesen átvállalom az interjút tőled és elmegyek helyetted a családhoz – szinte atyai aggodalom volt a hangjában, ahogyan ezt mondta. – Nézd csak, ráadásul itt van ez a finom süti. Elmész anélkül, hogy ennél belőle? – varázsolta elő a jól ismert, kisfiús mosolyát.

Még az édesség gondolatától is hatalmasat nyeltem. Máskor egy ilyen ajánlat kihagyhatatlan lenne, de már elindultam és a Főnököt helyettesítő munka is rám vár. A közeli cukrászda krémesének rétegei között az isteni finom krém kivételes gasztronómiai élvezetet jelent és Antal rendszeresen meglepett bennünket ezzel az ínyencséggel. A cukrászdában valószínűleg már heti rendszeres vásárlóként számítottak rá. Nem hiszem, hogy sokszor érte volna őket csalódás azért, mert elmaradt a vevőjük.

Belenéztem Antal őszi avar színéhez hasonlítható szemébe, mert mindkét elhangzott felajánlása nagyon jól esett:

– Soha nem okozol csalódást nekem! Egyrészt látom, hogy szánt szándékkal kínozni akarsz ezzel a sütizéssel és ezért is kiabáltál utánam. Ugye így van?? – szerettem volna elkerülni az esetleges kérdését az óvoda nyitásához kapcsolódó délutáni programról, ezért így folytattam – Másrészt több dolgom is van még ma, ami kizárólag csakis rám vár, de igazad van! Az ilyen, mint ez a liftes támadás, nagyon megterhelő, ugyanakkor fontos, hogy írjak róla, mert az erőszak utóhatásai is legalább ennyire súlyosak és ezt nagyon szeretném, ha megértenék az olvasók. Amúgy meg jól láttad! Van egy ehhez hasonló rossz gyerekkori élményem. Egyszer talán majd elmesélem neked – közel hajoltam hozzá és megpusziltam, mire ő átfűzte hosszú karjait a vállamon és szeretettel ölelt magához. – Most már tényleg megyek, de amikor a krémest eszitek, légy szíves gondoljatok rám is – bújtam ki az öleléséből.

Antal megvárta, amíg beszállok, becsapom az autóm ajtaját magam mögött és csak azután indult el. Időnként elgondolkodtam azon, hogy talán szeretne közelebb kerülni hozzám, de ezt nem meri megkérdezni tőlem. Igazság szerint ennek szívből örülök, mert amennyire szeretem kollégámként, annyira nem tudnék férfiként kapcsolatba kerülni vele. Rossz lenne, ha a felém irányuló kezdeményezése kudarcba fulladna, mert lehet hogy azután már kollégaként se lenne ennyire felhőtlen a viszonyunk.

A telefonomat kihangosítottam, hogy halljam Enikőt, de a száma foglaltat jelzett. Csak el ne felejtsek szólni neki! Figyelmeztettem magamat. Egészen biztosra vehettem azt, hogy a mai napon már nem tudok vele találkozni.

Időben indultam el, mert az egyre erősödő forgalom dugókat helyezett kilátásba a munkaidő vége felé közeledve. A belváros közepén levő lámpás kereszteződéshez értem, ahol kiszámíthatóan csak több váltás után fogok tudni átmenni. Megérintettem a telefonon az egyik gyorshívásra beállított számot. Az unokatestvérem pszichológusként valószínűleg segítségére lehet a zaklatott kislánynak, előlegeztem meg magamnak ezt gondolatban. A hívásom pillanatában Borka azonnal felvette. Hallani lehetett a készüléken keresztül is, hogy akkor is mosolyog, amikor beleszól a telefonba.

– Szia Kira! Lehet, hogy nem hiszed el, de azért volt a kezemben a telefonom, hogy felhívjalak. Meg akartam kérdezni tőled, hogy mi újság és hogy találkozhatnánk-e?

– Elhiszem Borka, amit mondtál, mert számtalanszor voltam én is úgy, hogy az hívott fel, akit én is éppen el akartam érni – értettem vele egyet. Olyan, mintha a gondolataink rezgései eljutnának ahhoz, akire gondolunk, de te vagy a pszichológus ezeket biztosan sokkal jobban tudod nálam. Nagyon örülnék Borka, ha találkoznánk, mert amióta külföldről visszajöttél, alig beszéltünk még egymással. De nem ezért hívtalak most – folytattam – hanem mert tegnap délután egy kislányt megtámadtak a házuk liftjében. Éppen ehhez a családhoz tartok interjút készíteni. Nem tudom, hogy melyik iskolába jár a gyerek és van-e ott iskolapszichológus.

– Na, arra aztán ne számíts! – vágott közbe Borka – Régóta megoldatlan az iskolapszichológusok szükségessége az intézményekben. A nevelési tanácsadókból vagy a gyermekjóléti szolgálatoktól járunk ki úgymond tüzet oltani. Jaj, de bocsáss meg, hogy belevágtam! Majdnem rád zúdítottam az ezzel kapcsolatos összes panaszomat.

– Semmi baj, megértelek és fontos információt mondtál ezzel is nekem. Akkor eszerint a szülőknek nem tudok olyan segítségre hivatkozni, amit az iskolában igénybe vehetnének? Ha nincs más megoldás, ami ezek szerint valószínű, akkor esetleg tudnál ebben segíteni? Azt nem tudom, hogy a család milyen anyagi körülmények között él, de azt nem gondolom, hogy egy magánrendelést megengedhetnének maguknak – fejeztem be a gondolatomat.

Borka gondolkodás nélkül vágta rá:

– Ne viccelj! Ha nem lennél az unokatestvérem, akkor is segítenék! Ajánlj nekik nyugodtan engem, a találkozót a szülőkkel majd megbeszélem.

– Köszönöm Borka, szuper vagy! Közben ide is értem a lakótelepre, le kell tennem, mert megbeszélt időpontra várnak. Hívlak! Sok puszi addig is!

– Puszillak és várom a hívásodat!

Amint befejeztük a beszélgetést, a kijelzőn egy nem fogadott hívás emlékeztetett arra, hogy megígértem Enikőnek, hogy visszahívom.

– Szia Enikő! Tudom, nem jó ez a hír, de ma biztosan nem tudunk találkozni. Még két helyre megyek, azután pedig szeretném megírni felvett anyagokat. Legfeljebb késő este tudnánk telefonon beszélgetni – mondtam egy kis lelkiismeret furdalással, mert tudtam, hogy fontos lehet neki, amiről beszélni szeretne velem.

– Megértelek Kira! Nehogy rosszul érezd magad emiatt! Tudom, hogy csak a munkád miatt nem jön össze. Semmi gond nincs, de telefonon nem szívesen mesélném el, mert nehezebben tudom úgy megfogalmazni, szükségem van a személyes jelenlétedre.

– Köszönöm, hogy ilyen megértő vagy! Megpróbálom majd valahogy időben átrendezni az elkövetkező napjaimat és megcserélni az elintézendőket. Megérkeztem már a helyszínre, ahová jöttem és csak szólni akartam neked. Keresni foglak, amint átlátom a feladataimat!

– Vigyázz magadra! – mondta Enikő.

Fáktól övezett parkosított részen a többi magas háztól viszonylag távol, barátságos hangulatú környezetben állt az ötemeletes ház, ahol a kislány családja élt.

Kapucsengő használata nélkül tudtam bejutni a házba, ami tegnap a támadónak is kapóra jöhetett. A postaládán kiírt név szerint a harmadik emeletre kellett felmennem. Képtelen voltam beszállni a lift szűk terébe, mert a gyomrom jobban öszszeszűkült annál, ahogyan arra előzőleg számítottam. Nehézkes léptekkel mentem felfelé a tiszta lépcsőházban és próbáltam a kérdéseimre koncentrálni és végig gondolni azokat, de nem sok sikerrel jártam.

A csengetésemre, mintha látták volna, hogy ott vagyok, azonnal kinyílt az ajtó. Az átlagosnál magasabb, szikár nő a bemutatkozásunkat követően betessékelt a lakásukba. Beláttam az előszobából a panelházakra jellemző, tipikusan kisméretű konyhára. Az edényszárítón precíz pontossággal elhelyezve sorakoztak az elmosogatott tányérok, evőeszközök. Az előszoba végén lévő nappaliban a szokásos bútorzat, – két fotel, kanapé, asztal és szekrénysor – között állva fogadott az apa és a tizenegy évesnél szinte biztosra vehetően néhány évvel idősebb tinédzser. Valószínűleg az informátorunk tévesen tájékoztatott minket a megtámadott gyerek koráról és az is kiderült a beszélgetésünk közben, hogy a támadó elfogása is tévedés volt. A szomszéd, aki szemtanúként látta a történteket, a liftet követve felrohant a felső szintre. Az elkövető, miután észrevette a lépcsőn felfelé érkező férfit, felrántotta a földre kényszerített lányt és teljes erővel nekitaszította a segítségére siető szomszédnak. Így sikerült félreugrania a meglökött és ennek következtében földre zuhant két ember mellett és elmenekülnie a helyszínről. A kapun kijutva már könnyedén köddé válhatott a házak közötti parkban.

A szobába lépve bemutatkoztam a lánynak és az apjának, majd az apa az egyik fotelbe foglalt helyet, az anya a lányával a kanapéra ült, majd megfogták egymás kezét.

– Évának szólíthatlak, ugye? – kérdeztem a kislány sápadt arca felé fordulva.

– Igen – válaszolta rezzenéstelen arccal.

– Szeretném megkérdezni tőled, hogy szívesebben beszélnél te vagy inkább mondják el a szüleid a történteket?

– El tudom mondani én is!

Biztosan szerettem volna megtudni az életkorát, ezért megkérdeztem:

– Hányadik osztályba jársz?

– Nyolcadikos vagyok a Lendvayban. – Enikő is ott dolgozik, futott át rögtön az agyamon.

– Kérlek, meséld el, amire emlékszel és ha úgy érzed, hogy mégsem szeretnél te beszélni, akkor szólj és befejezzük.

Mély lélegzetvétellel, de továbbra is merev, rezzenéstelen arccal kezdett hozzá:

– Tegnap, amikor bejöttem a lépcsőházunkba, kinyitottam a liftajtót, amikor azt éreztem, hogy hátulról valaki erősen belök a liftbe. Ettől térde estem és megütöttem a lift oldalába a fejemet, miközben a táskám mellém repült a földre. A magas férfi ezután a ruhámnál fogva felrántott a lift padlójáról. – A másodpercnyi szünet idején, amíg hallgatott, az arca rándulása jelezte, hogy csak látszólag kezeli kívülállóként a történteket. – A férfi arccal a lift oldalához nyomott és a fejét egészen az enyémhez szorította, majd mély, erős hangon azt mondta, hogy ne merjek kiabálni, hajtsam le a fejemet. Annyira féltem, hogy nem is tudtam volna kiabálni. Amikor a legfelső emeletre értünk, megrángatott és úgy lökött ki az üres folyosóra, hogy ismét hasra estem. Megfordított a hátamra és rám térdelt, miközben azt mondta, ne merjek ránézni. Az egyik kezével a nyakamat szorította, a másik kezével tépni kezdte rólam a ruhámat – a lány lélegzetvételnyi időre ismét csendben maradt. Nem tudom, hogy akkor utána pontosan mi történt, mert annyira féltem. Azt hallottam, hogy valaki kiabál valamit, de nem értettem, hogy ki és mit mond, de abban a percben a nyakamon már nem éreztem az erős szorítást, csak azt, hogy a férfi megránt és erősen nekilök valakinek.

Éva rám nézett miután befejezte az utolsó mondatát. Talán azt figyelte, hogy az elmondottak milyen hatást tettek rám, mert az arcomat fürkészte. Ezt mindig észre szoktam venni, ha interjút készítek valakivel, még abban az esetben is, ha a történet nem ilyen riasztó, mint az elhangzottak. Valószínűleg az arcomon látható érzelmek befolyásolóan hatnak arra, aki beszél hozzám. Feltűnő volt, hogy az elbeszélése közben miként változott meg a testtartása. Csendben ültünk. Az anya megállás nélkül a hüvelykujjával simogatta a lánya kezét, míg az apa homlokán egyre feltűnőbben gyöngyöztek az izzadságcseppek, amelyet időnként a kézfejével törölt le. Látszott az arcára ült zavara és hogy férfiként nem tud mit kezdeni ezzel az egész helyzettel. Végül ő törte meg a csendet, de egyikünkre se nézett az elhangzó mondatai közben:

– Mondtam neki már sokszor, hogy ne úgy öltözzön, mintha 18 éves lenne! Most tessék, így járt!! – bántóan számonkérő szemrehányás volt a hangjában.

Az asszony az elhangzott szavak után villámló szemekkel fordult a férje felé:

– Miket beszélsz te?! Hogy ne öltözzön?! Ezt meg hogy értetted?! Apácaruhát húzzon talán magára?! Vagy mi a fészkes fenét akarsz a lányodtól?! Súlyként telepedett a szobára a kettőjük közötti kézzelfogható feszültség. Láthatóan csakis a jelenlétem akadályozta meg, hogy ne alakuljon ki nagyobb veszekedés a szülők között. Eközben Éva óvatosan felhúzta a kanapéra mindkét lábát és összekulcsolt kézzel átkarolta a térdét. Az egész lényéből szinte sütött az a vágy, hogy bárcsak láthatatlanná tudna válni. Fájdalmas kiszolgáltatottsága elveszetté tette a szülei árnyékában.

Az apa meggondolatlan, kínos megjegyzését nem hagyhattam szó nélkül, mert muszáj volt enyhíteni a kislány láthatóan rosszabbá vált lelkiállapotán.

– Tudja József – fordultam az apa felé – nem azok tehetnek az ilyen helyzetekről, akik elszenvedik és áldozattá válnak, hanem azok a bűnösök, akik ezt és az ehhez hasonló gonoszságokat elkövetik.

A kislányra néztem és nyugodt hangon folytattam:

– Ne aggódj! Mindenkit, aki másvalakit bánt, a rendőrök megkeresik és a megérdemelt büntetésüket megkapják. A börtön majd tanulságos lesz ennek a férfinak is, aki téged bántott. Sajnálom, hogy tegnap nem sikerült ezt a gazembert elkapni, de biztos vagyok abban, hogy ez rövidesen megtörténik. Most bujkál, de a szomszédotok látta őt és ez sokat segít majd abban, hogy megtalálják – nyugtatgattam úgy, hogy ebben az ígéretemben egyáltalán nem lehettem biztos.

Az elhangzott vigasztaló szavaim a kislány szemében némi reményt csillantottak fel, majd akinek éppen most jutott eszébe valami, így szólt:

– Valamit elfelejtettem mondani tegnap a rendőröknek. – mondta sokkal nyitottabban, mint ahogy eddig beszélt – Volt valami furcsa szaga annak a férfinak, aki megtámadott. Olyan, mint valami vegyszer vagy hasonló. Kicsit csípős!

– Jó, hogy ez eszedbe jutott, mert az ilyen információ fontos lehet és a rendőröknek erről mindenképpen tudniuk kell. Pár napot érdemes lenne itthon maradni, az orvos igazolni fogja majd a hiányzó napokat – mondtam már tanácsként a szülőkhöz fordulva. Ajánlották a rendőrök, hogy pszichológushoz is el kellene menniük? – kérdeztem – Szakember segítségével hamarabb sikerül majd Évának feldolgozni a vele történteket.

– Micsoda?! Pszichológushoz?! Az én lányom nem bolond!!! – hallottam döbbenten az apa felháborodott, de ismételten tudatlan és meggondolatlan reakcióját.

Türelmesen beszéltem továbbra is és felváltva fordultam hol a férfi, hol a lánya felé:

– Erről szó sincs! A pszichológus segítségére nem azért van szükség, mert a lánya bolond! Amikor eltörik az ember lába vagy a keze, akkor elmegy az orvoshoz azért, hogy az begipszelje. Senki nem csinálja meg ezt otthon saját magának. Nem igaz?! – kérdeztem – Ha valakinek a lelke sérül, akkor a pszichológushoz megy segítségért. Ugyanúgy gyógyít ő is, csak szemmel nem lesz azonnal látható, mert tovább tart és lassabb az ilyen lelki sérülés utáni gyógyulás. – De mielőtt az apa valami újabb szerencsétlen megjegyzését kellett volna meghallgatni így folytattam. – Az unokatestvérem pszichológus, megbeszéltem vele és csak időpontot kell vele egyeztetniük, díjmentesen fogadni fogja önöket.

Az apa felé fordultam – Ugye ön is azt szeretné, hogy a lánya mielőbb túl legyen ezen a szörnyű élményén? Szándékosan nem a trauma kifejezést használtam, mert ki tudja, hogy azzal nem riasztotta volna el újra a pszichológiai segítségtől.

– Persze, hogy én is csak jót akarok a lányomnak – válaszolta most már sokkal higgadtabban, de azért kiérződött a sértődöttség a hangjából.

Amikor felálltam, lezárva a beszélgetésünket, hangsúlyozottan emlékeztettem őket arra, hogy a gyerekorvostól kérjenek igazolást és az anya maradjon pár napot otthon Évával. Végül búcsúzáskor odanyújtottam Borka elérhetőségét.

A lépcsőházban lefelé menet nagyon nehezen eresztett fel a mellkasomban lévő erős szorítás. Ráadásul elcsúsztam időben, mert az órám szerint tíz percem volt arra, hogy odaérjek az óvoda megnyitójára. Igyekeznem kellett, de szerencsére csak egy háztömbnyi távolság legyőzésére volt szükségem, így az autót is ugyanott a parkolóban hagytam. Jellemzően nagyon figyelek az öltözékemre, de ma az esti barátnős program tervével indultam el otthonról, ezért az átlagosnál is valamivel csinosabban öltöztem. Ez kimondottan jól jött a – napi betervezetten kívüli – eseményhez. Már közel kerülve, az utolsó métereknél éreztem, hogy jobb lenne a futáshoz, ha egy alacsonyabb sarkú cipő lenne rajtam. A szapora lihegésem figyelmeztetett arra is, hogy komolyabban vehetném a rendszeres testmozgást.

Három percem volt még hátra, amikor megláttam az újonnan épített óvoda épületét, ami meglepően vidám látványként vált ki a szürke emeletes házak közül. Olyan volt, mintha játékkockákat raktak volna egymásra és a kerítés oszlopai színes ceruzákat formáltak. Az intézmény tágas, világos oldalsó szárnyában az adományozó cég hozzájáruló költségének köszönhetően tornaterem épült. Ebben a teremben gyűltek össze most a vendégek, akik kisebb csoportokba összeállva beszélgettek egymással. Legtöbben a polgármester asszonyt és egy háttal álló magas férfit fogtak koszorúként körbe. A terem jobb oldalán hosszú svédasztalra gazdagon díszített szendvicseket és aprósüteményt raktak ki a vendégek számára. A teríték látványától kínosan erős hangon kordult meg a gyomrom, ami azért is zavart, mert az a szóbeszéd járja az újságírókról, hogy csak enni jönnek az ehhez hasonló rendezvényekre. Én nem szoktam enni és nem az újságírókról kialakított vélemény miatt, hanem mert nem érdekelt ki és mit mond rólunk. A mai napon viszont úgy lekötött a munkám, hogy eddig nem is éreztem, mennyire éhes vagyok! Eldöntöttem, hogy muszáj bekapnom valamit, mert reggel óta egy falatot sem ettem. Feltűnés nélkül igyekeztem az asztalhoz jutni, amikor valaki hangosan a nevemen szólított:

– Kira, nem is tudtam, hogy itt leszel!

A hang iránya felé fordultam, ahonnan gömbölyded, alacsony kis újságíró közeledett felém. Több lap mellett a kerületi hivatalnak is ő írta, szerkesztette az újságját. Leginkább a humora miatt kedvelem őt, mert soha nem hallottam senkit, aki úgy tudná kifigurázni saját magát, mint ahogyan ezt ő teszi. Vidám, őszinte személyiségének köszönhetően a legnehezebben megnyerhető interjúalanyokat is képes volt megpuhítani.

– Katka, de örülök, hogy látlak! – válaszoltam neki – Nem tudtam én sem, hogy ma itt leszek! A főszerkesztőmet helyettesítem, mert egy másik fontos dolog miatt nem tudott eljönni. Most viszont remélem, hogy kicsit később kezdődnek a beszédek. Kérlek gyere oda velem a svédasztalhoz, mert éhen halok és nem szeretném, ha az ünnepség csendjében a gyomromból feltörő hangok bárkit megzavarnának.

A megjegyzésemre hangosan nevetett fel, amire a közelünkben tartózkodók közül többen felénk fordultak. „Na, ennyit az észrevétlenségről!" – gondoltam erre magamban. Az apró szendvicsek közül azt választottam ki, amivel lehetőleg nem kenem össze magamat, de gyorsan tudom begyömöszölni. Katka nem evett velem, így amíg kicsit csillapítottam az éhségemet, addig az önkormányzatban hallott összes pletykát el tudta hadarni nekem. A legtöbbről ugyan már én is értesültem, de hagytam, hadd beszéljen csak ehessek és ne kelljen válaszolnom semmire. Az utolsó falat épphogy lecsúszott, amikor a negyven körüli csinos vezető óvónő a jelenlevők figyelmét kérte.

Bemutatta és köszöntötte a vendégeket, majd röviden ismertette az óvoda programját, majd ezután a polgármester asszonynak adta át a szót. A kivételesen szimpatikus és intelligens ötven év körüli politikust évek óta ismerem. Mielőtt a politikai pályára lépett orvosként dolgozott a városban és én sokszor mentem hozzá valamilyen helyi eseménnyel kapcsolatosan orvosi véleményt vagy tanácsot kérni tőle. Az eltelt években a kapcsolatunk barátsággá alakult és manapság ritkán találkozunk, de én változatlan tiszteletet érzek iránta. A magas szőke aszszony, akinek egyenes tartása, kiegyensúlyozott személyisége garanciát jelent mindenre, amit tesz vagy amit mond, úgy, hogy a kedvessége mögött határozott, erős ember lakozik. A véleménye minden esetben meghatározó és ez a politikai ellenfeleire is komoly súllyal bír. Örültem, amikor anélkül megválasztották, hogy bármelyik párt támogatására szüksége lett volna. Az eddigi hivatalban eltöltött két évében, semmilyen botrány nem robbant ki körülötte és akik a választáskor nem támogatták, azok sem próbálták a munkájában megakadályozni. A polgármester asszony záró gondolatai után a támogatást nyújtó cég tulajdonosa vette át a szót. Halkan beszélt, de a kellemesen búgó baritonja így is betöltötte az egész termet. Dicsérte a cége vezetőségét, akik egy emberként álltak az óvoda támogatásának ötlete mellé. Beszéde alatt nem arra figyeltem, amiről beszél, hanem hagytam ellazulni a gondolataimat mialatt végtelen nyugalom szállt rám a duruzsoló hangjától.

A nyitóbeszédek végén a másik óvodából érkező gyerekcsoport rövid műsorral kedveskedett nekünk, majd a svédasztalhoz invitálták a jelenlevőket. Fáradt voltam, ezért eldöntöttem, hogy minél előbb távozni szeretnék, de előtte még a prominens személyekkel váltok néhány szót. A polgármester asszony hatalmas ölelését követően, bemutatott az adományozó cég tulajdonosának.

A nálam egy fejjel magasabb férfi kedves mosollyal fogadta a kéznyújtásomat.

– Szabó Bendegúz vagyok – mutatkozott be, majd egy pillanatig várt és úgy folytatta – ha esetleg érdekesnek találná a nevemet, nem ön az egyetlen. A szüleim úgy gondolták, hogy a családi nevünk megköveteli a különlegesebb személynevet. Így lettem Bendegúz! – fejezte be huncut mosollyal.

A számomra kissé meglepő bemutatkozását követően a magam részéről is elég szokatlan és nem újságíróra jellemző kérdéssel válaszoltam:

– És mi a beceneve ennek a ritka keresztnévnek? – hangzott a lényegre törőnek igazán nem mondható kérdésem.

– Bende lett belőlem, amikor már a gyerekkori csúfolódásokon túljutottunk. Most hogy már a becenevemet is tudja, örülnék, ha írna a cégünkről. Nemrég fejeztünk be egy különleges játék projektet. Jó reklám lenne nekünk az erről szóló tudósítás – szegezte egyenesen nekem a mondatait.

– A reklámokkal nem én foglalkozom – válaszoltam elutasítóan a konkrét megrendelésnek tűnő kérését – Megadom önnek az egyik kolléganőm elérhetőségét, aki nálunk a reklámokat intézi. Csodálkozni fog, hogy milyen kedvezően lehet az újságunknál hirdetést feladni.

A válaszomra reagálva mélyrehatóan nézett bele a szemembe. Nyilvánvalóan észrevette a válaszom hangsúlyából, hogy nem tetszik az elhangzott kérése.

– Félreértett engem, Kira! Nem egyszerű reklámról szólt az előző mondatom! Rosszul fejeztem ki magamat, elnézését kérem! A cikkel nem a termékeinket szeretném promotálni. Örülnék, ha az olvasók megismernék az új fejlesztő játékunk különlegességét. Szabadtérben a gyerekeket szüleikkel közös aktivitásra, játékra ösztönzi. Szóval, most elölről kezdeném! Kedves Kira, ha megkérem, írna egy cikket erről a témáról illetve a mi korszakalkotó játékunkról? – kérdezte egyértelmű bocsánatkéréssel a hangjában.

– Rendben van, bár alapvetően a bűnügyi esetek és azok feldolgozása tartozik a rovatomba, de lehet róla szó – néztem eközben a telefonomban feljegyzett időbeosztásomra. Úgy látom, hogy ez jövő hét vége felé lehet csak esélyes, mert addig nagyon elfoglalt vagyok. Ja, és muszáj a főnökömmel is egyeztetnem a rovatomtól eltérő tartalom miatt.

– Tökéletes lesz így nekem! – vette most már biztos ígéretnek a tőlem hallottakat. Kérem, hogy fogadja el a névjegykártyámat, amelyen a magánszámomat is megtalálja. Azon keressen, mert úgy könnyebben el fog tudni érni.

A táskámba tettem a névjegykártyát és rákérdeztem a mai eseményre:

– Felvételt készítettem az itt elhangzottakról és az alapján írom meg az erről szóló cikket. Mielőtt nyomtatásba kerülne, átküldöm a polgármester asszonynak és egyúttal önnek is, ha ezzel egyetért.

Ismét azzal a kedves tekintetével rám nézett és félbeszakított:

– Ne fáradjon Kira, megbízom magában. Biztos vagyok abban, hogy azt fogja leírni, ami ma itt elhangzott.

– Rendben van – mondtam és nem érzékeltettem vele, hogy megértettem a jól elrejtett bókot – inkább elküldöm önnek. Ma este megírom, de nem valószínű, hogy a holnapi lapszámba bekerülhet. Nagyon nagy felületet foglal el mostanában az orosz – ukrán konfliktus – tettem hozzá.

– Köszönöm, nekem tökéletesen megfelel, jelenjen meg bármelyik lapszámban is – nem rejtette most sem el lenyűgöző mosolyát.

– Sajnálom, de nekem most már indulnom kell, mert ma még sok dolgom akad – köszöntem el tőle.

Még gratuláltam a vezető óvónőnek, de az itt jelen lévő többi ismerősömhöz már nem mentem oda, csak integettem búcsúzásként nekik. A terem ajtónál magam sem tudom, hogy mi ütött belém, de céltudatosan fordultam vissza és nem ért csalódás. A meleg, barna szempár követett a tekintetével és viszszanézett rám.

Kint már jócskán beesteledett. A kellemes tavaszi estén párokat vagy a kutyáikat sétáltató embereket lehetett látni a parkban. Ez eszembe juttatta, hogy nem is olyan régen olvastam arról, hogy a háztartások közel felében tartanak kutyát. Nagy vágyam teljesülne, ha engem is ebbe a statisztikába lehetne sorolni, de sajnos tisztában vagyok azzal, hogy az én életvitelem csak magányt jelentene az otthonomba zárt kutyának. Ez a belátásom segít mindig abban, hogy a kutya tartása iránti vágyamat képes legyek elfojtani. Mielőtt elindítottam a kocsit, megnéztem a lenémított, de többször rezgéssel jelzett nem fogadott hívásokat. A két ismeretlen szám mellett, a másik három hívó ráér holnapig. Az egyik kedvencem, a You are the reason című Calum Scott szám szólalt meg éppen, amikor bekapcsoltam a rádiót. Felhangosítottam annyira, hogy a lámpánál mellém álló autós is egészen jól hallhatja majd a hangosra állított dallamokat. A megszokotthoz képest már elcsendesedett városban rutinosan vezettem, mialatt egymást követve szólaltak meg a szebbnél szebb érzelmes számok. „Elképesztő milyen mindent betöltő érzésekről, vágyakról tudnak énekelni a férfi előadók. Hová tűnnek ezek a túlcsorduló érzelmek a mindennapi valóságban? Ezt szerintem, soha nem lehet megfejteni!" – gondoltam, majd figyelmeztettem magamat arra, hogy a következő kereszteződésnél el ne felejtsek jobbra kanyarodni, mert a hazafelé vezető utat az autóm, mintha csak magától tenné meg.

A múlt héten csak telefonon tudtam beszélni a szüleimmel, ezért már délután eldöntöttem, hogy este, ha nincs még túl későn, akkor beugrom hozzájuk. Végtelenül hálás vagyok nekik, mert soha nem erőszakoskodnak azért, hogy sűrűbben látogassam őket. Megértik az elfoglaltságomat és tisztában vagyok azzal is, hogy milyen nagyon vágynak arra, hogy párt találjak magamnak és ne legyek egyedül. Az unoka megszületésének lehetőségéről már nem is beszélve. Ugyanerre vágyom én is, de az ideális férfi a válásom óta még nem érkezett meg az életembe.

Hamar odaértem a szüleim házához, ahol anya éppen akkor nyitott ablakot, hogy kiszellőztessen. Észrevette amint a ház elé leparkolok és azonnal boldog mosollyal integetett felém. Alig vártam én is, hogy megölelgessem őket és legalább egy rövid ideig együtt lehessünk.

Kivettem a slusszkulcsot, amikor meghallottam a telefont, amelyen ismét egy ismeretlen keresett. Azon morfondíroztam, hogy felvegyem-e, de lehet, hogy fontos, mert előzőleg a két nem fogadott hívásnál sem írta ki a hívó számát.

– Kulcsár István nyomozó vagyok a kerületi kapitányságról, elnézését kérem a késői zavarásért! Jól tudom, hogy Ön volt ma a liftes molesztáló ügyében a gyerek családjánál? – kérdezte a számomra ismeretlen nyomozó.

– Kerekíró Kira vagyok. Igen, én voltam! – válaszoltam.

– Üdvözlöm! Tudom nagyon jól – mondta érdektelenül –, hogy rendszeresen ír oknyomozó riporterként hasonló bűntényekről. Ráerősíteni szeretnék arra, hogy semmilyen információ nem kerülhet ki a mai beszélgetésükből, ami a rendőrségi nyomozást hátráltatja – eközben vélhetőleg a mély sóhajomat meghallotta –, mivel az a feltételezésünk, hogy több hasonló ügy is kapcsolódhat az elkövetőhöz.

Talán a fáradságomnak is betudható, de az átlagosnál jobban zavart az a lekezelő stílus, ahogyan beszélt hozzám.

– Köszönöm nyomozó úr, hogy figyelmeztetett! Ha ismeri az írásaimat, akkor tudhatja, hogy nem szenzációhajhász újságíró vagyok – válaszoltam türelmetlenül neki, éreztetve a nem tetszésemet.

– Nem sértésnek szántam! – mondta erre – de az újságírók gyakran teszik tönkre a munkánkat, ezt értse meg! Még egyszer elnézését kérem a késői zavarásért!

Barátságtalanul tudtam csak viszonozni, amikor elköszönt. Elgondolkodva, még mindig az autóban ültem és a szüleim ablakánál láttam, hogy anya kikönyökölve már alig várja, hogy bemenjek hozzájuk. Tovább maradtam náluk, mint eredetileg azt beterveztem, mert képtelen voltam kimozdulni abból a gyermeki biztonságérzetből, amit a szüleim közelsége jelentett. Találkozásainkkor soha nem gondoltam arra, hogy életük nyolcvanadik évének a valóságban igazából nem ők, hanem én jelentettem már nekik a biztonságot. A kicsit kopott, hatalmas fotelbe belesüppedve, olyan érzés töltött el, mintha ismét gyerekké válnék. A hozzám intézett védelmező szavaik erre az érzésemre még inkább rá is erősítettek: „Kislányom vigyázz magadra! Pihenj többet… megvár az a munka!" – hangzott el gyakran tőlük.

Elválásunkkor, kivétel nélkül, mindig nehezen bontakozom ki az ölelésükből. Az aggódás és gondoskodás kéz a kézben jár anyánál, velem és apával és akivel, amivel lehetett mindenkivel és mindennel kapcsolatban. Néhány éve történt egyszer, hogy egy kiemelten fontos interjúra kellett mennem, amikor apa kétségbeesetten hívott fel. Azonnal mentőt hívtam a címükre, mert apa elmondása anya állapotáról igazán kétségbeejtően hangzott. Betelefonáltam a szerkesztőségbe, hogy lemondjam az aznapi programomat és a kollégáim egy emberként álltak mellém, hogy helyettesítsenek az interjú megbeszélt helyszínén. A szüleimhez közvetlenül a mentők után érkeztem meg. Anya arca és a haja is verejtéktől volt csuromvizes és a szavakat alig érthetően, rosszul artikulálva ejtette ki. Nehezen lehetett kibogozni a feltett kérdésekre adott válaszait, mert erőtlen és ijesztően elesett volt. Az állapotáról megszerzett információk és vérnyomásának mérése után hordágyra fektették és a bejárati ajtó felé indultak vele a mentősök. Már a konyha bejáratánál jártak, amikor anya a hordágyon fekve, ugyan nehezen érthetően, de annál határozottabban formált szavakkal kezdte sorolni az instrukciókat apámnak:

„Apja! Hallod??? A hűtőben van a tegnapi ebéd, melegítsd meg! De nehogy odaégesd!!! Nem kell nagy lángon csinálnod! Hallottad???"

Szürreális lehetett a mentősöknek az a helyzet, ahogy az idős asszony halottsápadtan, saját izzadságában fürödve a férje ebédjén aggódik még akkor is, amikor már kiértek a folyosóra. Utólag ezt a szituációt sokszor emlegetjük és jókat nevetünk a mai napig ezen a tragikomikus helyzeten, ami annyira jellemző anyámra.

Teljes esti sötétségben indultam már hazafelé tőlük és az autóban végig a nap eseményei kavarogtak a fejemben. Belépve a lakásomba fáradt, meleg levegő csapta meg az orromat, mert a kora reggeli szellőztetésnek már a nyomát sem lehetett érezni. Megpróbáltam kikapcsolni az agyamban háborgó gondolatokat mialatt az anyáéktól hozott rizses húst melegítettem fel a mikróban. Savanyúsággal szeretem enni, amit egy nem létező üvegben kezdtem keresgélni a kamrámban, így hát be kellett érnem anélkül. Délután a kevésnek bizonyuló és gyorsan magamba tömött szendvics lehetett az oka, hogy nagyon kiéheztem, ami csak akkor derült ki, amikor belekóstoltam az első falatba. Vacsora után percekig csak álltam a forró zuhany alatt és tíz óra is elmúlt már, amikor nekiálltam a két cikk lejegyzésének. Fél tizenkettő körül úgy tűnt, hogy már rendben van, de reggel leadás előtt azért még egyszer át fogom olvasni. A bejövő e-mailekről láttam, hogy egyik sem fontos, így jobbnak láttam bezárni a gépen lévő összes megnyitott oldalt, nehogy böngészni kezdjek éjszakába nyúlóan.

Magamra húztam a takarómat és szuggerálva kezdtem mondogatni, hogy „nem gondolok semmire!" Hogy is szoktak relaxálni? Engedd, hogy minden porcikád ellazuljon, a fejed búbjától a lábujjad hegyéig" – mantráztam egyre-másra a jól ismert mondatokat. A nyugtatásra szánt szövegem, ami a gondolataimat volt hivatott elterelni, olyan rutinosra sikeredett, hogy alatta a napom történései hibátlanul pörögnek tovább a fejemben. A főnököm lehetséges betegsége, a kislány családjával történt találkozás, az óvoda megnyitója és az a ritka nevű férfi, akinek szép bariton volt a hangja és áthatóan barátságos a szeme. Három éve élek már egyedül, mert akkor váltunk el két év ismeretség, nyolc év házasság után a férjemtől. Nekünk nem az a bűvös hét év okozta a vesztünket. Igazából a megszokás lett a gyilkos, amire még a férjem indokolatlan féltékenysége is erősen rájátszott. Egyikünk sem lépett félre, de a munkám miatt sokszor mentem rendezvényekre, nemegyszer az esti órákban is. Egyszerűen feléltük a lehetőségeinket és elvesztettük az egymásba és a közös jövőnkbe vetett bizalmunkat. Talán ha akkor nem a válás mellett döntünk, akkor az utána következő években tettük volna pokollá egymás életét. Mindketten beláttuk ezt és barátságban, egymás iránt érzett őszinte szeretetben váltunk el egymástól. Megviselte a házasságunkat az is, hogy az együttélésünk harmadik évében elvetéltem az első és egyben utolsó terhességemet. Azt gondolom, ez is rombolóan hatott a továbbiakra, mert nagyon vágytunk már a közös gyerekre, ami nem jött össze. A lehetőségeink adottak voltak, mert a munkámat itthonról is végezhettem volna, de valamiért ez nekünk mégsem adatott meg. De soha nem adtam fel a reményt, a mai napig biztosan tudom, hogy egyszer, a jövőben megszületendő gyermekemet babusgatni fogom, úgy, ahogy szüleim tették ezt velem.

Ötödik fejezet

Az a tipikusan reggeli, szerkesztőségi zsivaj fogadott, aminek a hangulatát annyira szeretem. Hangos beszélgetések, a nevetgélés, a gépek zaja, az állandó telefoncsörgés és a kávé kombinációja a péksütemények illatával. A nyitott szobaajtókon keresztül látszik a belpolitikával és külpolitikával foglalkozó emberek izgatottsága, ahogy kitárgyalják a friss, aznapi híreket. Mindig vitatkoznak a legfontosabb és legváratlanabb eseményekről.

– Sziasztok! – kiabáltam túl az erős zajt, hogy biztos legyek abban, hogy meghallották a köszönésemet.

A főszerkesztő helyettes szobája még üres, mert Antal amikor megérkezik, kívülről a zárban hagyja a szobakulcsát, ezzel jelzi mindenki számára, hogy megérkezett. A reggeli pozitív érzésem ellenére a torkomban gombóccal, várakozóan mentem a Főnök szobája felé. Hallottam a bentről kiszűrődő hangjából, hogy éppen valakivel telefonvonalban van, ezért a saját szobám felé fordultam, hogy addig lepakoljam a holmimat, amíg nem tudok vele beszélni. Ránéztem az íróasztalomon felhalmozott többféle újságra és a minimum tíz darab cetlin hagyott üzenetre. A legtöbbet valaki visszahívása miatt hagyták itt nálam. Átfutottam, hogy melyik lehet a legsürgetőbb, de az aggodalmam a Főnök tegnapi vizsgálati eredménye miatt minden mást ekkor még felülírt.

Halkan kopogtam be hozzá, mert esetleg még mindig telefonál, de rögtön jött a válasza:

– Gyere be!

Lepleztem az izgatottságomat és reméltem, hogy az arcán nem a szomorúság lesz első, amit majd észreveszek.

– Szia, megjöttem! – köszöntem a lehető legvidámabb hanglejtéssel.

– Látom Kira és örülök, hogy itt vagy! Milyen volt a tegnapi napod? Sikerült megoldanod és el is tudtál menni mind két helyre? – kérdezte rögtön a munkára terelve a szót.

– Főnök, te most ezt komolyan kérdezed tőlem?! Szerinted először erről szeretnék én beszélni veled?! Leginkább az érdekelne, hogy tegnap VELED – hangsúlyoztam ki – mi történt? Mit mondott az orvos?!

A mosolyra húzódó szája megelőlegezte számomra a jó hírt.

– Hála az égnek azt mondta, hogy a rossz feltételezésemet a félelmem nagyíthatta fel, mert egyszerűen csak megijedtem. Azon kívül, hogy magasabb a vérnyomásom, semmi gond, teljesen rendben vagyok – hallgatott el gyanúsan hirtelen lezárva a mondatát.

– És?! Mit mondott még ezen kívül?! Úgy látom rajtad, hogy valami még ott elhangzott! – mondtam neki, mielőtt még másfelé terelné a beszélgetésünket.

– Kira, mond csak, mi vagy te? Léleklátó?! – nevette el magát – De igen, igazad van! Valóban azt is hozzáfűzte, hogy vegyek ki legalább két hét szabadságot. Legvalószínűbb, hogy a kimerültségem okozza az ilyen alattomos gondolataimat.

A Főnök ezt olyan hangon és arckifejezéssel mondta nekem, mint egy kisgyerek, aki kénytelen bevallani, hogy összetörte a nagymamától örökölt porcelán vázát. Nem tudtam megállni, hogy ne lépjek hozzá és ne ölelgessem meg az elhangzottakat kísérően.

– Tévedsz Főnök! Nem léleklátó vagyok, hanem az elmondottak szerint orvos, mert ugyanezt mondom már egy jó ideje neked.

Az ajtón kopogtatás nélkül lépett be az egyik külügyi rovatnál dolgozó kollégánk, de az ölelkezésünket látva megállt az ajtóban:

– Visszajöjjek később? – kérdezte és nagyon jól esett, hogy nem csinált valami ostoba viccet a látottakból.

– Ne! Maradj csak itt! – mondtam neki – éppen a Főnöknek meséltem, hogy tegnap este az egyik nyomozó szenzációhajhász újságírónak gondolt. Számomra is hihetetlen, de ez jobban szíven ütött, mint azt bármikor feltételezném volna magamról. Ezért kis vigasztalásra volt most szükségem, hogy a lelki békém helyrerázódjon.

– Hallottátok már – nem is reagálva a mondataimra –, hogy milyen komoly konfliktus bontakozott ki az oroszok és ukránok között? Azért jöttem, mert a címoldalunkon mindenképpen helyet kellene adnunk ennek a hírnek és nem csak egy hasáb szintjén.

A Főnök azonnal elfelejtett minden mást, amiről beszéltünk és nyomban visszaváltozott a főszerkesztő szerepébe:

– Így igaz, ez kiemelten fontos hír! Nézzetek utána, minél több külföldi portálon is, hogy a mi ezzel kapcsolatosan megjelenő információnk minél pontosabb képet mutasson a helyzet valóságtartalmáról.

– Bocsánat – szóltam közbe –, de én akkor mennék is, a saját dolgaimat elintézni.

– Maradj csak Kira! Erről most úgysem tudunk túl sokat beszélni a főnökkel és amúgy is én zavartalak meg benneteket! – azzal válaszra sem várva, kilépett a szobából.

– Mi volt tegnap ez a nyomozóval kapcsolatos dolog, amit az előbb mentegetőzésként említettél? – kérdezte a Főnök.

– Á, semmi komoly! Csak az ölelkezésünkkel kapcsolatos mentegetőzésre hirtelen nem jutott más eszembe – mondtam. – Annyi volt, hogy estefelé rám telefonált egy nyomozó, hogy a liftes támadásról készülő cikkben fölösleges szószátyársággal ne akadályozzuk a rendőrség munkáját. Kicsit bosszantott az a felütése, hogy mi vagyunk azok, akik akadályozzuk őket. Valószínűleg már fáradt voltam, ezért azt hiszem, keményebben szóltam neki vissza. Fel fogom hívni a rendőr barátomat, mert engem zavar ez az esti, kissé sértett reakcióm. Ugyanakkor tudom, hogy volt igazság abban, ahogyan reagáltam a szavaira. A másik dolog, amit még nem mondtam el neked, hogy az információ, amit a liftben megtámadott gyerekről kaptunk, több sebből is vérzett. A hírrel ellentétben a támadót nem fogták el és tévedés volt a kislány életkora is. Idősebb, nem tizenegy, hanem tizennégy éves a lány. Persze a támadás durvaságán ez nem változtat semmit. Mellékesen szerintem is úgy van, hogy amíg nem kapják el azt a gazembert, addig megfontolandó, hogy milyen mértékben tájékoztatjuk az olvasókat. A szülőknek azt ajánlottam, hogy mindenképpen vigyék el a kislányt pszichológushoz. Ennyi történt röviden – fejeztem be az előző napról szóló beszámolómat.

– És mi volt az óvodában? Sikerült írnod róla? – kérdezett rá a Főnök.

– Nagyon tetszett az épület tervezése, színes, tágas, világos, pont ilyenbe szeretném majd járatni a gyerekemet, ha egyszer megszületik – mondtam bizakodó mosollyal. – A polgármester asszonnyal és a cég tulajdonosával is beszéltem néhány szót. Az elhangzott beszédek kivonatából írtam meg a cikkemet. Még ott az ünnepségen a cégvezető hívott, hogy menjek készítsek valami anyagot egy újonnan kifejlesztett projektjükről.

A Főnök kérdően nézett rám:

– És elmész? Nem annyira a te profilod és úgy tudom, elég sok munkád van az erőszakkal és bántalmazásokkal kapcsolatosan. Ezekről csak te tudsz úgy írni Kira, hogy nem feszítesz keresztre közben senkit. Tudom, hogy neked az a legfontosabb, hogy az olvasóknak felnyíljon a szemük az ilyen drámai események olvasásánál. A politikusok és a törvények soha nem fogják megváltoztatni és kialakítani az emberek fejében a helyes megítélést. Egyetértek veled abban is, amit ezzel kapcsolatban mondani szoktál, hogy a nyilvánosság és a helyes megközelítés az egyik legnagyobb erő, ami segíthet az áldozatoknak.

– Ne is mond Főnök! – Tegnap a kislány családjában az apa tipikus reakciója az volt, hogy a lánya öltözködését tartotta túlzónak. Szerinte azért akarták a gyerekét megerőszakolni, mert nem a korának megfelelően öltözködik. Az áldozatok többsége éppen ezért retteg attól, hogy feljelentést tegyen, mert a végén még ők lesznek a hibásak a velük történtekért. Láttam, hogy a lány apja eközben ázott a saját izzadságában attól a rosszulléttől, amit ez a támadás okozott neki is. Remélem a pszichológushoz ő is elmegy majd és ott formálni lehet majd valamelyest a véleményén. Nem is sejtheti, hogy ez a számára mekkora megkönnyebbülést jelentene. Az óvodát támogató céggel kapcsolatban és az előbbi gondolatodhoz fűzve, valóban sok a munkám. Mégis azt remélem, hogy egy cikk erejéig jó lesz békésebb vizekre eveznem. Lehet, hogy sikerülne az én agyamat is kikapcsolni ezekből az őrületekből egy rövid időre. Jövő héten meg is csinálnám, ha te sem nem bánod.

– Csináld csak Kira! Különösen, ha számodra ez könnyebb témát jelent és jól esik vele foglalkoznod.

– Köszönöm és főleg annak nagyon örülök, hogy minden rendben van veled! Azért némi szabadságon elgondolkodhatnál, mondom ezt úgy neked, mint a „házi orvosod". Most megyek, mert még át szeretném nézni az elkészült anyagokat és elég sok visszahívás vár rám még a mai napon.

A reggeli, folyosóra kiszűrődő zsibongás egy ideje már elcsendesedett. Többen kimentek különböző helyszínekre, mások belemerültek a folyamatban levő munkájukba és a számítógépük fölé görnyedve verték a billentyűzetet. De a telefonok valamelyike az állandó alapzajt biztosította, mert folyamatosan csöngött. Néhány órával később, a leadott cikkeim mellé a félbehagyott írásaimat is sikerült befejeznem. Sorban felhívtam az asztalomon hagyott, cetlikre felírt telefonszámokat, legtöbbjükkel időpontot egyeztettem vagy végighallgattam a történetet, amiben segítségre szorulnak. Egy dossziéban gyűjtöm össze az információkat, majd kapcsolatokat keresek, de szerencsére a legtöbb esetben telefonon keresztül is tudok segíteni. Az utolsóként felhívott idős asszony problémája okozta ma a legkomolyabb nehézséget. Hallgatnom is rossz volt, ahogy elmesélte a családtagjai bántalmazását és azt, hogy eközben az ablakon kiugorva tudott csak elmenekülni. Jelenleg kórházban van, mert a lábát eltörte, de ezzel ott nem maradhat sokáig. Haza nem mer menni, a kevés nyugdíja viszont albérletre sem elegendő. A női szállók csak aktívan dolgozókat vesznek fel, a családos otthonok, a nevükből fakadóan kizárólag családoknak segítenek. Nagyon sok telefonálásomba került, mire a megoldással vissza tudtam őt hívni, miközben azt sem vettem észre, hogy a felgyülemlő feszültségemtől már teljesen elgémberedtem. Felálltam az asztaltól, hogy megmozgassam kicsit magamat, amitől jólesően roppantak a csigolyáim és ez eszembe juttatta az utóbbi hetekben elhanyagolt zumba órákat. A mai munkámmal a jegyzeteimet is áttekintve, úgy látszik, hogy egészen jól állok. Örülnék, ha nem jönne ma már valami halaszthatatlan ügy. „Na, tessék! Murphy törvénye szerint, itt is van már!" – gondoltam, mialatt úgy vettem fel a megszólaló telefont, hogy megnéztem rajta, hogy ki keres.

Örömmel töltött el, mert Borka csengő hangja szólt a készülékbe:

– Szia Kira! A szerkesztőségben vagy még? – kérdezte.

– Igen, itt vagyok! Miért kérded?

– Bemehetnék most hozzád? Beszélni szeretnék valamiről veled!

– Gyere Borka, pont most néztem, hogy minden fontos dolgomon már túl jutottam, így bőven van időm. Gyere mielőbb! Várlak!

Rövidesen a kinyíló ajtóban megláttam az unokatestvéremet. Lélegzetelállító pozitív kisugárzása – ahányszor csak látom őt – mindig lenyűgöz. Hosszú, hullámos szőke haj keretezi szabályos vonalú arcát és a tekintetével mintha a másik embernek a legapróbb rezdülését is képes lenne meglátni vagy megérezni. Nem is tudom! Mosolya a gyönyörű fogsorával még szebbé varázsolja őt, ezért mindig azt mondom, ha látom. „Figyelj, jelentkezhetnél valami fogkrém gyártónál, hogy reklámozd a termékeiket, mert nem kellene semmi mást csinálnod csak mosolyognod."

– Szia! – most is azzal az ismerős széles mosolyával köszönt rám, majd hosszan öleltük meg egymást. – De örülök, hogy látlak! – mondta rögtön megelőzve engem.

– El se tudom mondani, hogy én is mennyire örülök annak, hogy eljöttél hozzám. Nem is voltál még itt nálam. Alig vártam már, hogy mesélj a külföldön töltött gyakorlatodról.

– Kira! Nem ezért jöttem most, sajnálom! Mindent el fogok mesélni neked arról is, de majd a legközelebbi alkalomkor. A munkám hozott ide és nem tudnék most felhőtlenül beszélni más témáról neked. Elakadtam valamiben és nem tudom mitévő legyek a továbbiakban, mert komoly fejtörést okoz az egyik esetem.

– Jaj, Borka! Lehet, hogy te tegnap is emiatt hívtál? Rákérdezhettem volna, hogy van-e valami fontos, amiért keresel. Ne haragudj ezért a figyelmetlenségemért rám! Szívesen segítek neked, ha erre bármilyen formában tudok.

– Köszönöm Kira, most először annyi csak a fontos, hogy meghallgass! Tudom, hatalmas tapasztalatod van a bántalmazások területén és az ezzel kapcsolatba hozható bűnesetek között. Néhány hete jött el hozzám a gyerekjóléti szolgálatba egy lány, mert most ott dolgozom – szúrta közbe. – Rengeteg nehéz sorsú családdal vagyok kapcsolatban, jellemző, hogy a nagyobb gyerekek is a szüleikkel érkeznek hozzám első alkalommal. Az előbb említett lány meglepő módon egyedül jött. Ránézésre tizenöt-tizenhat évesnek néztem, és utólag kiderült, ezt jól is saccoltam. Miután leültünk, azonnal éreztem, hogy mellébeszél és nem tér a lényegre, amiért valószínűleg felkeresett. Nem szóltam, mert ha megzavarom a beleszólásommal, akkor lehet, hogy bezárul, mielőtt megtudtam volna, miért is van ott. Többször kezdett bele a mondanivalójába és időnként, hosszabb ideig csak ült csendben és maga elé nézett a szőnyegre.

Ebben a percben az egyik újságíró kollégám kopogott be a szobámba, majd egyből, választ sem várva, be is kukucskált. Borkára nézett és bocsánatot kérve vissza is lépett az ajtóból.

Mosolyogva jegyeztem meg Borkának:

– Tudtam, hogy be fognak jönni! Meg akartak nézni téged, mert nagyon kíváncsiak arra, hogy ki ez a szép lány, aki hozzám érkezett. Nagyon jól ismerem őket! – a mondataimra, Borka kicsit belepirulva felnevetett.

– Ne nevess! Örüljünk, ha hamarosan egy másik kíváncsiskodó nem dugja be majd a fejét, azért, hogy szemrevételezzen magának. Ebben jelenleg csak reménykedhetünk! – mosolyodtam el én is.

Ezzel a pillanattal egy időben Borka arcáról eltűnt a pillanatnyi derű és tovább mesélte, amiért eljött hozzám.

– Amíg a lány előre ejtett vállal a padlót nézte mozdulatlanul, addig én elég jól meg tudtam őt figyelni. A tiszta ruháján levő mintázat valószínűleg a sok mosástól már erősen megkopott és a ruha oldalán a szakadás kézzel varrva lett kijavítva. Egyedül a cipőjét láttam meglehetősen újnak, de a márkanévben, szándékosan elírt hibából tudni lehetett, hogy olcsó, kínai hamisítvány. Néha felemelte a fejét, de megtartotta az előrehajló testtartását. Akkor sem rám nézett, hanem az ablakon keresztül kezdett kibámészkodni. Nagy nehezen tért csak a lényegre: „Azért jöttem ide, mert voltam az Alföldön egy diszkóban, ahol megismertem egy fiút. Jóval idősebb volt, mint én és nagyon okos. Mindenféléről beszélt nekem... Olyan dolgokról, amiről én még nem is hallottam. Mindent megdicsért... Azt mondta, hogy szép vagyok... Nagyon jól áll nekem a hosszú haj és milyen jó cucc van rajtam. Nekem azelőtt még senki sem mondott ilyesmit. Ilyennek gondoltam, amikor valakinek szerelmet vallanak..." Ennél a mondatánál ismét a padlóra szegezte a tekintetét és újra elhallgatott. Nem mertem még akkor sem megszólalni, mert éreztem, hogy mindez még nagyon kevés abból, amit el akar nekem mondani. – fűzte közbe Borka, majd tovább mesélte, amit a lánytól megtudott. – A lány ismét megtörte a csendet és először akkor nézett rám és talán éppen azért tudta felvenni a szemkontaktust velem, mert csendben, türelmesen figyeltem és vártam. A történetét, ezt követően, hatalmas, gyerekre nem igazán jellemző, sóhajjal kezdte tovább mondani.

„A fiú sokat beszélt a családjáról, arról, hogy milyen gazdagok és hatalmas házban laknak. Táncoltunk... és később elhívott, hogy menjek vele, mert szívesen megmutatja nekem, hogy hol élnek. Elmentem hozzájuk. Csókolóztunk, simogatott és nem sokkal később lefeküdtünk. És most terhes vagyok."

Amikor befejezte a lány a történetet, éreztem, hogy valamiért nem az igazat mondja. Nem tudtam, hogy a fiúról, annak a viselkedéséről vagy az egész sztoriról hazudik. Az egész mese, úgy ahogy elhangzott, nagyon furcsa volt. Rövid hallgatás után megköszöntem neki, hogy beavatott az elmondottakba. Kértem, hogy meséljen még a házról, ahol a fiúval együtt voltak. Tetszett-e neki a fiú és ő is beleegyezett abba, hogy lefeküdjenek? Először a második kérdésemre válaszolt, miszerint, „nagyon szép, magas, kékszemű, szőke hajú és nagyon kedves fiú volt".

„Mint egy mesebeli herceg" – gondoltam és láttam, hogy Borka olvas a gondolataimban, amikor a szemembe nézett. Nem mondta ki, de szerintem ugyanezt gondolta a lány által leírt és valószínűleg elképzelt fiúról.

– A házra vonatkozó kérdésemre – folytatta Borka a történetet –, látszott, hogy nem tudja mit válaszoljon. Próbált kitérni azzal, hogy sötét volt már, nem lehetett jól látni. Segítettem neki azzal, hogy hozzáfűztem, miszerint biztosan nagyon szép ház lehetett, utalva az előtte tőle elhangzottakra. Ez láthatóan megkönnyítette a válaszát és újra el tudta engedni a fantáziáját a kitalált történetéhez. „Igen! Háromemeletes házban laktak, magas kerítéssel körbekerítve. Az udvaron nagy fák voltak, meg fenyőfa is. A lakásban a bútorok szépek, színesek és minden rendben volt náluk. Beszélgettünk, csókolóztunk. Sokat simogatott, aztán nemsokára megtörtént – ismételte meg az előző mondatait – Jó volt vele, de én még eddig nem voltam más fiúval, így nem tudom, mással milyen lehet lefeküdni."

– Megkérdeztem tőle, hogy miért volt a városunktól olyan messze? Válaszként azt kaptam, hogy a rokonaik ott laknak a közelben, náluk töltötte a hétvégét. A következőben muszáj volt rákérdeznem, hogy a szülei tudnak-e a terhességéről? Határozott válaszával meggyőzött, miszerint tudják és ők küldték, hogy jöjjön el a szolgálathoz és ott mondja el a vele történteket. Arra a kérdésre, hogy miért gondolták azt, hogy ide jöjjön, akkor egyszerűen csak megrántotta a vállát. A legérdektelenebb hangsúllyal közölte, hogy „nem nagyon zavarja őket ez az egész, csak úgy mondták, hogy jöjjek el."

Borka szomorúan nézett rám. A történet mesélése alatt láttam már a kilátástalan keserűséget az arcán, amiért tehetetlennek érzi magát.

Azt kérdeztem tőle:

– Mit tudtál meg ezek után még a lányról?

– Utánanéztem, mert a család benne van a gyermekvédelmi rendszerben a támogatások miatt. A családjukban több kiskorú gyerek is él, az anyjuk takarítónő, az apjuk alkalmi munkás, de többnyire csak részeg. Tettlegesen soha nem bántotta a feleségét és a gyerekeket sem, de nem is gondoskodik róluk. A gyerekek tiszták, rendesen járnak iskolába, senki nem tett még feljelentést ellenük. Szerintem a segélyek miatt tudják szerényen fenntartani az életüket. Az apa, ha iszik, sétálgat az utcákon és közben énekel, a környéken ezért „daloló zombinak" nevezik. Nyáron, jó időben akár egy padon is eltölti az éjszakát, de hidegben estére mindig hazamegy.

– Gondolom nem a család életmódja a legzavaróbb számodra Borka!

– Jól látod Kira! A lány hazugsága zavar a fantom srácról, aki állítása szerint szerelmet vallott neki, majd ezután teherbe ejtette. Ez az, ami elmondhatatlanul zavar! Valami más van a háttérben és ebben teljességgel biztos vagyok. A szülők nem tettek feljelentést azonkívül, hogy elküldték hozzánk a lányukat. Ő egyébként tavaly befejezte már a nyolc általánost. Most semmit nem csinál, illetve otthon segít vagy elmegy az anyjával takarítani.

– Találkoztál még vele azóta? – kérdeztem.

– Igen, jön minden héten és ha hiszed, ha nem, saját magától kéri a találkozónk új időpontját. Nem tudom mitévő legyek? Remélem, hogy arra készül, hogy elmondja a jövőben azt, hogy mi is az igazság.

Láthatóan befejezte Borka a számára gyötrelmes történetet.

– Azt látom ebben legnehezebbnek – kezdtem – azon kívül, hogy nem ismerjük az igazságot, hogy a szülők nem tettek feljelentést. Úgy tűnik teljes érdektelenség övezi a lány helyzetét.

– Még el is felejtettem azt – vetette közbe Borka –, hogy az elmondott történetben vagy inkább mesében azt állította, hogy előtte alkoholt ittak és emiatt már nem találna oda ahhoz a házhoz, ahol ez a bizonyos szőke herceg lakik. Magyarán nem is létezik, mert ettől az állításától, még inkább ezt gondolom.

– Figyelj Borka! Az oknyomozói munkámban volt elég kibogozhatatlannak tűnő ügy, de aztán sikerült a legtöbbet kideríteni. Minden esetben az én egyik lényeges szempontom a nyugodtan viselt türelmem volt. A lánytól, vélhetően több mindent meg fogsz majd tudni, mert szerintem el fogja mondani neked. Várjuk meg ezt, aztán meglátjuk mit lehet tenni, pláne, ha valami nagyobb disznóság van a történet hátterében. Még az is lehet, hogy valamelyik helyi fiúval szűrték össze a levet és félnek a botránytól. Talán éppen a fiú szülei miatt is. Ki tudja?! Elég sok verzió lehetséges ebben az esetben.

– Igazad van Kira! – felállva mondta ezt már Borka. – Jajj!!!
Majdnem elfelejtettem mondani neked, hogy felhívott a liftes
támadást elszenvedő kislány édesanyja. Egyeztettünk időpontot,
de abban azért még nem vagyok biztos, hogy el is jönnek hozzám.
– Nagyon remélem, hogy el fognak menni – mondtam. Úgy
láttam, hogy az apa kissé elszégyellte magát a beszélgetésünk-
kor, amiért a lánya hibáztatása után még a pszichológiai segít-
ségen is fennakadt. Örülök viszont, hogy te eljöttél ma hozzám!
Minden segítségemre számíthatsz, csak jussunk el odáig, mert
nagyon bízok abban, hogy mindent meg fogunk tudni – mond-
tam búcsúzóul.
Ismét megöleltük egymást és elsétáltunk az irodákból kife-
lé bámuló, sóvárgó férfitekintetek előtt. Borkáról tudom, hogy
örül ha tetszik másoknak, de soha nem váltotta fel a kedves-
ségét, férfiakat csábító, taktikázó női manipulációkra. Sokszor
mondta, hogy az ő megjelenése csak egy mézesmadzag, de ne a
kinézete alapján legyen ő valakinek a legfontosabb. Aki a ked-
vese szeretne lenni, az ismerje meg, hogy milyen is ő valójában.
A kapuig kísértem, és nem bírtam megállni, hogy fel ne tegyem
neki a kérdést:
– Van valaki most az életedben?
A száját félrehúzva mondta:
– Olyan, akit én szeretnék? Nincs! De csak azért, mert még
nem botlottunk egymásba! – mosolyodott el újra.
Visszafelé a szobámba menet, a szerkesztőség munkatár-
sai közül hárman kérdezték meg, hogy ki volt ez a lány nálam.
Mondjuk arra, hogy ezek a kérdések majd el fognak hangzani,
fogadást is köthettem volna.
Az apró méretű konyhánk felé vettem inkább az irányt, mert
azt hiszem egy erős kávé jót tenne most nekem.
– Te is fel szeretnéd egy kicsit pörgetni magadat? – kérdez-
tem meg a konyhában tartózkodó és vizespohárnyi kávét iszo-
gató külpolitikai újságírótól.
– A teljes igazság az, hogy nem is tudom, hogy miért iszom,
amikor inkább nyugtatóra lenne szükségem – nézett rám fá-
radt szemekkel. A háborús konfliktus egyre ijesztőbbé kezd

válni. Az amerikaiak és angolok fegyverszállítmánnyal támogatják az ukránokat és ez az oroszokat még inkább hergeli. Putyin ultimátumnak tűnő egyezségével úgy próbálja zsarolni a nyugati hatalmakat, mintha eközben megegyezésre törekedne – fakadt ki belőle.

– Ez azt is jelenti, hogy valóban háborúba bonyolódhatnak? – kérdeztem.

– Nem biztos még semmi! Ezért egyértelmű válasz sincs erre jelenleg. Mindkét félnek hatalmas áldozatokkal járna egy háború. Pénzügyileg nagyon rossz hatással lenne az egyébként is stagnáló orosz gazdaságra. Az ukránoknak még ebből a szempontból is nehezebb helyzetet teremtene. Elképesztően bonyolult politikai játszmák befolyásolják a feleket és a szövetségeseket. Kompromisszummal, de anélkül is, komoly arcvesztése lehet bármelyik oldalnak.

– Hű! Elég nehéz lehet ezt helyesen felmérnetek, mert gondolom a temérdek információ között sem tudtok egyszerűen kiigazodni.

– Hát, igen, ahogy mondod Kira! Néha olyan ellentmondásokkal találkozunk, hogy az is időbe telik, hogy a valóságtartalmat kivegyük közülük. Arról nem is beszélve, hogy a vezető politikai szereplőknek minden esetben vannak rejtve maradt lapjaik, amiket nem játszanak ki, amíg azt nem muszáj – válaszolta.

– A saját rovatom elkészítésénél – fűztem hozzá – én is számtalanszor érzem a titkos kis ajtókat, amiket képtelenség lenne megnyitni. Sajnálom különösen azokat, akiknél láttam, hogy a zűrös határvonalon lévő otthonaikat kénytelenek lesznek hátrahagyni. Ők végképp és reménytelenül ki vannak szolgáltatva a politikusok ámokfutásának. – a témához kapcsolódva folytattam saját területemmel kapcsolatos tapasztalatomat. – Te még nem dolgoztál itt, amikor néhány éve előadóként voltam Ukrajnában a családon belüli erőszak megelőzésével kapcsolatos konferencián. Amikor visszaemlékszem a konferencián kívül minden alkalommal eszembe jut az a különleges múltbéli hangulat, hogy élő zongorajátékot hallgathattunk a szálloda éttermében, miközben a reggelinket fogyasztottuk el. Később beszélgettem ott élő szakemberekkel és megdöbbentett az a fizetési összeg, amit ők havonta kézhez kapnak. Az üzletek és az utak is arról árulkodtak, hogy komoly gazdasági nehézségei lehetnek az országnak. Elképzelni sem tudom, mit élhetnek át az ott élők, akik háborús fenyegetettségnek vannak ma kitéve. Jaj, de bocsáss meg nekem! Nem akartalak feltartani téged, de eszembe juttattad az ott élő emberek nehézségeit – mondtam. – Azon, pedig állandóan elképedek, hogy az átlagemberek mennyire a politikusok játszmáinak jelentéktelen részecskéjévé tudnak válni.

Elgondolkodva válaszolta nekem a hallottakra:

– Igen! Teljes mértékben egyetértek veled! Jó lenne változtatni, de ki tudja a helyes megoldást és a választ manapság a világ szinte minden táján zajló negatív folyamatokra. Egyszer csak felfaljuk a környezetünket pénzért, hatalomért vagy azért, hogy másokat leigázhassunk. Na, de mivel mi sem találtunk most megoldást semmire, ezért megyek is tovább gyomlálni a hozzánk beözönlő információkat – mosolygott bíztatóan rám.

Mivel ritkán kerülök munkakapcsolatba a külügyi rovatnál dolgozó újságírókkal, így külön örömet jelent, ha néha sikerül egy-két szót váltanunk egymással.

Felhívom még Enikőt, hogy esetleg van-e ideje ma találkozni velem. Négy óra elmúlt, valószínűleg végzett már az iskolában. A telefonját azonnal, szinte már az első kicsöngés előtt vette fel.

– Szia! – mondtam meglepetten – olyan gyors voltál, hogy még azt sem hallottam, hogy kicsengett.

– Szia! Azért, mert éppen a kezemben volt a mobilom. Az egyik szülőt akartam hívni, mert belázasodott a kisfia és a délutános kolléga megkért arra, hogy szóljak jöjjenek el a gyerekért. Mondd Kira, ugye azért hívtál, mert te most ráérsz?!

– Igeeen! – nyújtottam el neki örömmel a válaszomat. Akár már fél óra múlva találkozhatunk, ha neked is az megfelel.

– Persze! Az tökéletes lesz! – felelte.

– Menjünk el a város szélén lévő, kockás abroszos kis családi vendéglőbe, mert mindjárt éhen halok. Elmegyek érted és felveszlek. Jó? – kérdeztem.

– Rendben! Pontban félkor az iskola előtt vagyok!

Nagyjából húsz percet kell szánnom arra, hogy odaérjek az iskolához, ezért volt még időm arra, hogy komótosan rendet rakjak az asztalomon. A rend csak annyit jelentett, hogy a szétszórt újságokból és más irományokból kisebb tornyokat építettem, ezzel annyi szabad hely maradt így, hogy a számítógépet magam elé le tudjam tenni. Bíztam benne, hogy senki nem kér most már semmilyen segítséget, mert azt nehezemre esne viszszautasítani, de most egészen biztosan megtenném.

Kifelé menet a folyosókon senkit nem láttam, de a Főnök ajtajához érve nem tudtam megtenni, hogy ne kopogjak be hozzá és ne kérdezzem meg tőle:

– Szükséged van ma még rám? Szeretnék elmenni, mert találkozom az egyik barátnőmmel. Elértek telefonon, ha bármi fontos dolog adódna vagy ha rám lenne szükségetek.

– Menj csak Kira nyugodtan – válaszolta – lehetőség szerint, ma már nem fogunk hívni.

Nagyon jól kiszámoltam az időt, mert pontosan húsz percem maradt arra, hogy az iskolához érjek. A forgalom elviselhetőnek látszott és a belvároson sem vitt keresztül az utam. A hátam mögött felhangzó váratlan dudaszó rántott vissza a valóságba, mert azon gondolkodtam, amit ma hallottam Borkától és nem figyeltem azt, hogy a jelzőlámpa eközben zöldre váltott. A felemelt kezemmel elnézést kértem a mögöttem álló autó vezetőjétől, aki indokolatlanul hosszan dudált rám. Legszívesebben elküldtem volna őt a fenébe, mert nem értem, hogy miért kellett az autó kürtjét vég nélkül, rajta felejtett kézzel nyomnia? Akkor is meghallottam volna, ha csak megpöccinti annak a nyamvadt dudának a nyomógombját, de valószínűleg az ilyen sofőr a személyiségében rejlő aggresszióját nyomja ki erővel magából, amit ráadásként én udvariasan meg is köszönök neki.

Az iskola előtt megláttam az éppen a telefonjába merült barátnőmet, aki így nem vette észre, amint a közeli üres helyre leparkolok. Éppen kiszálltam, amikor Enikő az irányomba kezdett sétálni. Nem láthatott, de amikor közelebb ért észrevett és boldog ábrázattal huppant be mellém az autóba.

– De jó, hogy sikerült időt szakítanod rám! Örülök a közös ebéd ötletednek is! Ma valószínűleg én egy gyorséttermi valamit tömtem volna magamba. Nagyon jól nézel ki! – jelentette ki minden átmenet nélkül, miután végigmért.

– Nagyon kedves vagy, de én egyáltalán nem így látom magamat. Már két hete nem mozgok semmit, attól félek, hogy teljesen el fogok lustulni és a többi következményről már ne is beszéljünk.

– Te és az ellustulás?! Ez a legkizárhatóbb dolog, amit veled kapcsolatban el tudok képzelni. Olyan pörgős az életed, mintha másik két embert is beléd gyúrtak volna – nevette el magát.

– Voltál már ebben az étteremben, ahová most megyünk? – kérdeztem.

– Nem, még soha, de hallottam róla, sokan dicsérték. Képzeld, lehet, hogy az iskolánk igazgatója mégis előbb nyugdíjba fog menni. Mindegyikünket meglepett ez a hír, mert róla ezt végképp nem lehetett elképzelni. Úgy ragaszkodott a pozíciójához, mint akit kirobbantani se lehetne onnan.

– Nem kedveled őt túlságosan! Ugye jól tudom? – kérdeztem.

– Egy parányit sem! Lelkem rajta, hogy igazán próbáltam megtalálni benne valami szerethetőt. Kimondottan szép idős férfi, de ettől sajnos, nem lehetett megszeretni. Van benne valami eredendő felsőbbrendűség, amit mindig éreztet, ha a kollégákkal beszél. A határozottságával sem lenne semmi baj, mert ennyi tanárt nem lehet könnyen kordában tartani, mert mindig mindenkinek korszakalkotó ötlete támad, ami megmásíthatatlan véleménnyel párosul. Mondanom sem kell neked, hogy természetesen én is közéjük tartozom – kuncogta el magát – Mi tanárként, mindent jobban tudunk – erősített rá saját állítására. Szegény gyerekeknek, akiket tanár szülővel áldott meg a sors, néha pokol lehet az életük. Ha lesz gyerekem – mert tudod, hogy szeretnék – soha nem fogom abba az iskolába íratni, ahol én majd tanítok! Még a többi gyerek is állandóan piszkálja őket, mert azt gondolják, hogy egy tanár gyerekével biztosan mindenki csak kivételez. Az is szörnyű élmény lehet szerencsétleneknek, ha a tanárként dolgozó szülő rossz jegyet ad a többieknek, mert utána aztán bőven hallgathatják a szüleik szidalmazását. Na, ekkora traumákat soha nem okoznék a saját utódomnak!

Jól esett csendben lenni és hallgatni Enikőt, mert szórakoztatóan tudott mesélni a dolgairól és én elmerülhettem ebben a teljesen másféle világban. Néha sokkal békésebbnek tűnt a sajátomnál, noha sosem cseréltem volna el a munkámat egy másikra.

Az étteremben – a késő délutáni órák miatt – csak három asztalnál ültek a vendégek, ezért felcsillant az a remény, hogy viszonylag hamar ki fognak szolgálni bennünket. Az ablaknál elhelyezett csöndes kis sarokban lévő asztalnál foglaltunk helyet. Rövid válogatásunk után megrendeltük a frissensülteket és a választott ételeinket valóban gyorsan fel is szolgálták. Mindketten, az igazán éhes emberekre jellemzően nem beszélgettünk, mert kizárólag csak az evésre koncentráltunk. Amikor befejeztük az ebédet, Enikő kért még egy cappuccinót, de nekem a délutáni kávé éppen elég volt ahhoz, hogy ne tudjak ma este időben elaludni.

Amíg a barátnőm élvezettel szürcsölgetett, addig én meséltem el néhány munkahelyi sztorit neki. Beszéltem az óvodai megnyitóról, részleteztem, hogy mennyire gyerekbarát és szép lett az egész létesítmény. Nem említettem azonban a bariton hangú férfit és a szexuális ragadozót sem. Utóbbit azért sem, mert úgy döntöttek a szerkesztők, velem egyetértésben, hogy napoljuk el a cikk megjelentetését, ne bosszantsuk a rendőrséget, ha már szóltak, hogy nekik ez ennyire fontos ügy. Az, hogy felhívták a figyelmünket erre, alapvetően sem volt tipikus rájuk nézve és a bulvársajtó sem szagolta ki fura módon a támadást. Teljes bizalmamat élvezhette Enikő és bátran elmondhatnék neki mindent, de nem volt kedvem most ezekről a témákról beszélgetni. Lesz erre még alkalom, már csak azért is, mert a megtámadott kislány az ő iskolájukba jár. Az utolsó cseppeket cuppogtatta ki a kávéscsészéjéből, amikor már kíváncsiskodni kezdtem:

– Nagyon jó, hogy találkoztunk, de kíváncsi vagyok, hogy mit szerettél volna elmesélni?

Az eddigihez képest, komolyabb arccal kezdett bele:

– Ismersz, tudod nagyon jól, hogy távol tartom magamat nőként a szülőktől. Különösen, ha a gyerek az osztályomba jár. Szeptemberben írattak be hozzánk egy kislányt, így nem sokat tudtam sem róla, sem a családjáról. Nem barátkozós típus, inkább zárkózott gyerek. Az lett a barátnője, akit vele egyszerre írattak a párhuzamos ötödik osztályba. Szünetben is mindig együtt lógnak. Semmi gondom nincs vele, átlagosan tanul, inkább feltűnően udvariasan válaszolgat minden kérdésre. Ennél a korosztálynál ez elég szokatlan, olyan, mintha erre mindig különös figyelmet fordítana. Az osztálytársai kedvelik, talán azért is, mert nem sok vizet zavar a többi gyereknél.

Figyelmesen hallgattam Enikőt és azonnal hibás prekoncepciómmal megelőlegeztem neki egy fura történetet, amit hallani fogok mindjárt tőle. Meglepetésemre azonban a bevezető mondatai után, Enikő elkanyarodott a gyerekről szóló gondolataitól.

– Szóval – mondta –, kiderült, hogy ennek a tanítványomnak az apja egyedül neveli őt és a nagyobbik, már nyolcadikos lányát is. A felesége pár évvel ezelőtt elhagyta a családot és azóta soha nem kereste a gyerekeket sem. Mindent egyedül az apa old meg és kisvállalkozóként épület felújításokat vállal. A szomszédjukban lakó férfi az egyetlen alkalmazottja, de ha több szakemberre van szüksége, akkor alkalmilag foglalkoztat másik szakembereket. Képzelj el egy olyan férfit, akit az iskolában az első perctől kezdve kimondottan tisztelet övez. Bármikor szóba kerül a neve, a tanárok ódákat zengenek róla. Ráadásként aktívan részt vesz és segít minden iskolai rendezvény önkéntes feladataiban is. Egyszóval egy mintaapa! – mosolyogta el magát Enikő. Nekem is szimpatikus az első naptól kezdve, de ennek ellenére csak az iskolai dolgokról szoktunk beszélgetni, míg a múltkor, számomra egészen váratlanul rákérdezett, hogy egyedül élek-e? Nem is tudom, hogyan kerülhetett ez a kérdés kettőnk között szóba?! Talán a lakhatási problémák miatt, amelyekről akkor beszéltünk egy ismerőse említése után, akiről nagyon együtt érzően nyilatkozott. A kérdésére nem konkrét válaszként megemlítettem neki, hogy a lakásom felújításra szorul és nyáron szeretném majd azt rendbe hozatni.

Annyira adott volt ez a helyzet, hogy gondolkodás nélkül felajánlotta a szakértelmét és én igazából, ennél az alkalomnál tudtam meg többet a vállalkozásáról is. Arra a kérdésére, hogy egyedül lakom-e, utólag sem válaszoltam, mert furcsának találtam, ahogyan ezt kerekperec nekem szögezte. A felajánlott munka ötlete már az első percben sem jött be, mert rengeteg problémát vetne fel számomra. Többek között a fizetség, az évekig még osztályomba járó gyereke és sorolhatnám még tovább az ellene szóló érveket.

– Ne haragudj Enikő, akkor mi a te nagy dilemmád ebben a kérdésben? Amint mondtad, első perctől tudtad, hogy ez nem lenne egy nyerő gondolat. Mi van még ezen kívül? – néztem kérdően rá.

– Az van még – sóhajtott – amiről még nem beszéltem. A férfi nemcsak közkedvelt, hanem magas, vállas, kellemes külsejű férfi.

– Egyszóval bejön neked! – állapítottam meg határozottan.

– Pontosan ez az, amit azért nem mondanék. Nagyon vegyes érzelmeim vagy inkább megítéléseim vannak vele kapcsolatban. Lehet, hogy az egyedüllétem vagy az, hogy szülőként, ő mennyire tiszteletreméltó és ez táplál bennem valamiféle vonzalmat. Ráadásul még ezt sem tudom ilyen kristálytisztán kijelenteni! Nem beszédes, de azt észrevettem, hogy többször keres indokolatlanul, pedig a kislányával nincs semmi probléma. A társalgásunk is kizárólag a pedagógus-szülő kommunikációjában merül ki. Ne nézz teljesen bolondnak Kira, de az a fő dilemmám, hogy nem tudom, hogy mit nem tudok, de főleg azt, hogy mit akarok!

– Ahogy értem, alapvetően kizárod őt férfiként az érdeklődésedből, mert a tanítványod apja. Kételyeid vannak az egész személyiségével kapcsolatban is. Tiszteled őt szülőként, amellett sármos és szorgalmas embernek tartod. A segítségét teljesen elutasítottad a lakásod felújításával kapcsolatban!? Akkor mi a végeredményed erről az egészről???

– Jól összefoglaltad! Nem is tudom, ezt hogyan mondjam, de azt szokták mondani, hogy a bőrünk, nem mindenki számára érzékelhető illata vonzerőt jelenthet egyes emberek fel. Érdekességként mesélem inkább, hogy amikor közel áll ez a férfi hozzám, érzem, hogy tiszta és ápolt, de néha van egy jellegzetes alig érezhető szag, ami irritál. Ha nem lenne más akadály, ez akkor is biztosan kizárná, hogy közel tudjam engedni magamhoz. Nem is tudom!

– Említetted, hogy építési vállalkozó, valószínűleg, amikor olyan munkája van, a bőre átveszi az anyagok szagát. Ő is végez fizikai munkát vagy csak irányít?

– Kiveszi a részét a munkákból és említette azt is, hogy ezzel milyen sokat takarékoskodhat, amivel a lányainak jobb életet teremt. Ezért is szégyellem magamat, hogy ezt gondoltam és még el is mondtam neked. Lehet, hogy ez az egész csak kitaláció a részemről azért, hogy elutasítsam még a gondolatát is annak, hogy férfiként nézzek rá. Miközben most ezt elmeséltem neked és kimondtam a gondolataimat, rá is jöttem, hogy mekkora hülyeség ez az egész, mert egyszerűen csak régóta hiányzik egy társ, az életemből. Azzal, hogy erről beszélhettem neked, azt hiszem kizárólag csak megkönnyebbülést akartam érezni. Terheltek a férfival kapcsolatosan felgyülemlett gondolataim, olyan mintha már elkövettem volna valami rossz dolgot és ez is annyira zavart.

Láttam Enikőn, hogy zavarba jött, mert mintha megbántotta volna a háta mögött azt a férfit, aki szerinte ezt nem érdemli meg.

– Régóta vagyunk barátnők! Jól tetted, hogy elmondtad az aggályaidat és a gondolataidat, mert valami oka biztosan volt, hogy felfigyeltél rá! Valószínűleg csak azért, mert tisztelted te is és a kollégáid is. Szép és vonzó nő vagy, semmit nem kell elkapkodnod, és a gondolataiért nem hiszem, hogy bárkinek lelkiismeret furdalást kellene éreznie. Ha visszanézek az életemre, hogy én már miket követtem el azzal, amiket gondoltam, akkor lehet, hogy körözött bűnöző lennék és nem csak a lelkifurdalás okozna gondot nekem. Szóval, felejtsd el a rossz érzéseidet, mert ki tudja mi váltotta ki ezt igazán belőled.

– Köszönöm Kira, azt hiszem a beszélgetésünk segített abban, hogy a szégyenérzetem is alább hagyjon. Egy nagyon rendes embert kissé ízléstelenül kritizáltam, még ha csak elképzelés szintjén is, miközben a valóság, hogy önmagam tévelygéseit éltem meg legbelül a lelkemben.

Enikő megkönnyebbült érzését követően nagyjából még két órán keresztül csak vidám témákról beszélgettünk és mindketten felszabadult hangulatban köszöntünk el már a késő esti órákban.

Hatodik fejezet

A játszótéren lévő kamaszok, a padok támláját támasztva, egymást túlharsogva beszélgettek. A parkot az esti szürkületben már teljes mértékben magukénak tudhatták és a fiúk nagyzolós szövegükkel próbálták elvarázsolni a társaságukban levő három lányt. Néha valamelyikük kezében tartott telefonjának felvillanó fénye utalás is lehetett arra, hogy a készüléken valami sokkal érdekesebbet látnak, mint amiről a fiúk éppen vitatkoznak. A délutáni kiadós eső tócsát hagyott a gyerekjátékok alatti kitaposott gödrökben. A lombjukat bontott tavaszi fák és a tizenévesek magamutogató viselkedése tökéletes öszszhangban állt a tavaszi évszakra olyan jellemző hangulattal. A lányok időnként a hajukat igazgatták, míg a fiúk vagány pózba helyezkedve adták elő a véleményük szerinti nagyon fontos mondandójukat. A parkban sorakozó lámpák fénye épphogy csak átszűrődött a levelektől sűrűvé vált zöld lombkoronák között, amint az esti szürkület apránként sötétséggé változott. A fiatalok hazafelé készülődtek, de az látszott, hogy milyen nehezen szánják erre rá magukat. Az egyik lányon már kevésnek bizonyult a magára húzott vékony pulóver, ezért, hogy ne fázzon, a mellkasán keresztbe fűzte a karját. A társaság különböző irányba indult el. Hárman, két fiú és egy lány a park közepe felé tartott, majd a sétány elágazó részénél megálltak és még egy ideig beszélgetésbe kezdtek.

Ezen a délutánon ismét a parkban, egy félreeső padon ült. Műanyag pohárból itta a nemrég megvásárolt kávét és a bokrok sötétségéből mozdulatlanul a hangoskodó fiatalokat leste. Ma munka után hazament azért, hogy átöltözzön, mert a múlt alkalommal kimondottan zavarta, hogy nem tisztálkodott meg, mielőtt „vadászni" indult. Arra gondolt, hogy talán ez is okozta az akkori támadása sikertelenségét, mert mindig tisztának, ápoltnak kellett éreznie magát. Elkapni és megmutatni, hogy milyen hatalma van a gyengébbek felett és azután azt tenni vele, amihez csak kedve tartja. Amikor erővel maga alá gyűri az áldozatait, akkor már nem gondolkodik semmin, csak hagyja, hogy üres lélekkel az állatias ösztönei juttassák el a kielégülés pillanatáig. Gyerekkorában is mindig felkészült és tisztálkodott, amikor valamilyen állat megkínzását tűzte ki céljául, miközben körülötte mindenki nagyon illedelmes, feltűnően ápolt kisfiúnak tartotta őt. A gyenge közepes teljesítménye ellenére is szerették a tanárai. A szülei pedig nem sokat törődtek vele, bármit megkaphatott, ami pénzen megvehető, de az igazi figyelemből és szeretetből soha nem jutott neki semmi. Önmaga előtt is ismeretlen volt a valódi énje és a színleléseiben már azt sem tudta, hogy ki is ő valójában. A szülei azt sem vették észre, hogy a fiúkban a tisztelettudó álarc mögött, milyen félelmetes gonosz kezd testet ölteni. Tizenéves korában az otthonától messze, egy távoli kollégiumba költözött. Elég pénz volt mindig a zsebében ahhoz, hogy a lányok és fiúk is szívesen legyenek a társaságában, mert mindig mindent ő fizetett. Keveset beszélt, inkább csak figyelte a körülötte zajló eseményeket és az emberek reakcióit. Az első lány, aki valóban megtetszett neki, olyan érzelmeket ébresztett fel benne, amelyekről még azt sem tudta elképzelni, hogy léteznek. Soha senki iránt nem érzett ilyesmit és újdonságnak számított az is, hogy hiányozhat neki valaki. Hónapok óta találkozgattak már, amikor a viselkedéséből kezdett kikopni a saját maga számára is megszokott érdektelensége. A lánnyal tudott beszélgetni, de a múltjáról és családjáról soha nem tett még említést sem. Már nem zavarta az a testi érintés, hogy egymás kezét fogva sétálnak, de a csókolózáson kívül nem jutottak közelebb egymáshoz. A lányt lenyűgözte a fiú udvariassága és az, hogy nem erőltette az idő előtti testi kapcsolatot vele. Egy alkalommal a lány, mivel a szülei elutaztak otthonról, elhívta őt magukhoz és ez pillanatok alatt összetört minden jót, amit az előző hónapok – úgy tűnt – végre felépítettek benne. A lakásban a barátnője intim ölelése, simogatása még semmilyen rosszalló érzést nem váltott ki belőle, de rövidesen egyre idegessé tette az alázat, ahogyan a lány a szeretetével kényeztette és kedveskedett neki. Számára ez az ismeretlen gyengédség és a szorosabb testi közelség fokozódó dühöt váltott ki, ami erőteljesen és váratlanul tört fel belőle. Alkalmatlanná tette már ez a pillanat arra, hogy rá jellemzően udvariasan maradjon. A kanapéról indulatosan ugrott fel, miközben a lányt félrelökte, aki ettől az erőszakos mozdulattól a földre zuhant. Utólag, amikor erre az egész helyzetre visszagondolt, ez a pillanat jelentette számára azt, amit a legélvezetesebbnek talált abban a napban. Soha nem beszélgettek többet a lánnyal, ha véletlenül mégis találkoztak, akkor mindketten messze elkerülték a másikat.

A középiskola befejezése után véglegesen eltűnt a szülei látóköréből, akik időnként még telefonon üzentek neki, hogy megkérdezzék szüksége van-e pénzre, de miután egyszer sem hívta vissza őket, megszakadt a kapcsolatuk. Nem hiányzott a szüleinek és a szülei sem hiányoztak neki, de ez semmilyen furcsaságot nem jelentett neki. Időnként érzett valami szokatlant, olyasmit, amit az a lány a szeretetével adott neki, de nem igazán törődött vele, majd ezt teljesen ki is törölte az emlékezetéből. Felismerte és biztosan tudta már, hogy a szexuális kielégülését nem a szeretetben és ölelésben találja meg, hanem a másik kiszolgáltatottságában és a felette érzett hatalom gyakorlásában. Fizethetett volna a szexért, de a másik ember félelme, küzdése tudta igazán felcsigázni ahhoz, hogy beteges vágyait kielégítse és az egyetlen örömhöz juttassa. Számára ez teljes mértékben természetessé vált. A múlt alkalommal, amikor a liftnél megtámadta azt a lányt, nagyon dühítette, hogy megzavarták közben és ezzel kudarcot vallott, nem tudott eljutni a vágyva várt kielégülésig. Az öklén még mindig látszódtak azok a sérülésnyomok, amelyek akkor keletkeztek, amikor miután kimenekült a házból és a frusztrációját a legközelebbi fa törzsére hatalmas ökölcsapásokkal próbálta levezetni.

Ma a fiatalokat figyelve, felcsillant számára a kielégülés várva várt lehetősége. A lánnyal együtt feléje közeledő két fiú miatt azonban úgy tűnt, nem sok reménye maradt arra, hogy sikerre vigye aljas vágyát. Kezdett már lemondani az újonnan kínálkozó lehetőségről, amikor egyszerre csak a feltörő izgalom járta át a testét, mert a fiúk elköszöntek a lánytól, aki egyedül kezdett sétálni az irányába. Behúzódott a bokor mögé, mert hátulról akarta elkapni a kamaszt, miután odaért és elhaladt előtte. Az egyre erősebben fokozódó vágy forrósággal öntötte el teste legapróbb porcikáját is. Már szinte érezte a lány kétségbeesett remegését, hallotta a kapkodó zihálását, ahogy menekülni próbál a torkát szorító markából. Ölni soha nem akart, mert nem az jelentette az örömet neki, ezért a felhevült állapotában oda kellett figyelnie arra, hogy a keze erős szorításától az áldozata nehogy megfulladjon. Két lépés távolság választotta már csak el az áhított izgalom beteljesedésétől. Hátulról, hangtalanul kapta el és rántotta be a bokorba a kamaszt, miután az éppen elhaladt előtte. Egyik kezével betapasztotta az áldozata száját és elfojtott hangon figyelmeztette arra, hogy nehogy megpróbáljon kiabálni. A lány a sokktól mozdulatlan maradt, de az, hogy nem is védekezett azzal csökkentette a férfi izgalmát. Azt szerette és akkor volt jó neki, ha küzdöttek ellene. Tapintani szerette a félelem okozta remegést és hogy bármit megcsinálhat az áldozatával, ezért elfojtottan agresszív hangon ismét ráijesztett azzal, hogy figyelmeztette ne merjen megszólalni, mert akkor meg fogja ölni. De a lány továbbra sem mozdult, ezért mindkét kezével kezdte lerángatni a ruháját, hogy fenntartsa magában a már tetejére hágott izgalmi állapotát. Az addig mozdulatlanul fekvő lány akkor meglepetésszerűen, hatalmas erőt kifejtve védekezésbe kezdett. Félrefordította a fejét és torkaszakadtából kiáltott segítségért. A férfi hatalmasat csapott öklével az arcába, de a lány továbbra sem hagyta abba, hanem tovább kapálódzott és sikítozott.

A két fiú, miután a lány otthagyta őket, még az előző nap meccs eredményét kezdték kiértékelni és vitatkoztak a bírói döntés jogszerűségén. A beszélgetésüket felismerhetetlen, állatias hangzású sikoly szakította félbe, amit aztán egy újabb és újabb követett. Mindketten, szó nélkül kezdtek rohanni abba az irányba, ahonnan a félelmetes hang érkezett. Futás közben a lábuk trappolásával az útra szórt apró kavicsok, sustorgó hangokat hallatva repültek szanaszéjjel. A férfi már majdnem célt ért, és fokozta az élvezetét a hirtelen jött és várva várt küzdelem. Az viszont dühítette, hogy nem tudja az áldozatát elhallgattatni, mert a fejét úgy fordította el, hogy nem sikerült befognia a száját. Ekkor hallotta meg a sétányra leszórt kavicsoknak jellegzetesen súrlódó hangját, ami akkor hallatszik, ha futnak rajta. Ez rádöbbente arra, hogy az ösztöneit ismét csak a szennyes fantáziája kiélésének kezdetéig tudta eljuttatni. Kielégületlen és féktelen dühében újból kétszer, hatalmas erővel ütött a lány arcába, akinek ettől felrepedt az ajka. Az egyre közeledő futó léptek miatt villámgyorsan ugrott fel, majd rohant el az ellenkező irányba, ahol egy másodperccel később már el is tűnt a park sötétjében. A bokor mögött a két fiú sokkos állapotban talált rá a vérző szájú, zokogó ismerős lányra. Egyikük a kétségbeesett, teljesen összetört lányt vigasztalta, mialatt a másik fiú a rendőrséget hívta.

Hetedik fejezet

A gyorsan eltelt hétvégét követően a hét első két napját hajléktalan emberekkel töltöttem. Sokszor a megrendítő történeteik mellett azt hallottam, ami semmilyen meglepetést nem jelentett nekem, miszerint mennyire nem érzik embernek magukat. Lecsúsztak és évek óta az utcán élnek, de képtelenek felállni ebből az embertelen állapotból. Az egyik ötven év körüli férfi megköszönte, hogy szóba állok vele, ami a szégyen érzetét váltotta ki bennem. Amíg vele beszélgettem odajött egy másik, valamivel fiatalabb hajléktalan, aki meglepően sokkal jobb ruházatban volt és ő is beszédbe elegyedett velem. Nem kellett kérdeznem, anélkül mondta el, hogy nem is olyan régen szabadult ki a börtönből, ahol lopásért ült. Nem minősítettem és nem tanácsoltam neki azt, hogy éljen másként és inkább dolgozzon, mert az igazi valóság nagyon jól tudom, hogy nem egy ilyen tanáccsal kezdődik. Elmondta és ezzel azt is láthattam, hogy ettől jobban érzi magát, de amikor a másik férfival kezdtem beszélgetni, akkor köszönés nélkül odébbállt. A magas, szedett-vedett külsejű férfi szavaiból egy másik sors és másik élet bontakozott ki, amikor elmesélte, hogy volt egy kis pékségük, háza, családja, amit hajléktalanságáig rombolt le a tönkrement házassága. A nap folyamán többekkel találkoztam, akik a kapcsolatukkal a normális élethez való jogukat is maguk mögött hagyták és több esetben a nők tették tönkre az életüket. A másik hét eleji munkámban olyan férfiakkal készítettem interjút, akik társkereséssel akadtak horogra, miután lassan szerelmet hazudva kifosztották őket. Az elkészült két cikkemben a hajléktalanokról és a kifosztott és átvert férfiakról minden előzetes koncepció nélkül is érdekes összefüggésekre sikerült rávilágítanom. Naponta találkozom az agresszív bántalmazó férfiakkal kapcsolatos történetekkel, de a női oldalról érkező támadás mennyivel rejtettebb, mert jellemzően nem látható, mivel az a nők érzelmi manipulációiból fakad. Férfi kollégáim nem egyszer dörgölték már az orrom alá, hogy mi van a „szerencsétlen férfiakkal" és hogy azokról miért nem írok. Legtöbbször persze ez akkor hangzott el, amikor valamelyiküket éppen dobta az aktuális barátnője.

Ha most önkritikát gyakorolok, tényleg nem fordultam ezekben az esetekben túlzott empátiával a nálunk dolgozó férfiak felé, de az igazsághoz tartozik, hogy hallottam nemegyszer beszélgetni őket a nőkről, így sokszor egyáltalán nem csodálkoztam, ha valamelyikük barátnője odébbállt. Ma mégis mélyebben elemezve és elvonatkoztatva férfi kollégáim sérelmeitől, rá kellett jönnöm, hogy a kapcsolatok esetében a nőknél is van bőven kutakodni való, mert tartogatnak a tarsolyukban meglepetéseket. Elhatároztam, hogy a jövőben ennek a kérdésnek komolyabb kutatómunkával utána járok.

A délelőtt folyamán nem túl jó hangulatba sodort és a megszokott béketűrésemtől alaposan kizökkentett a tördelőszerkesztőnk, mert ismét jobban szétszedte és úgy változtatott a cikkeimen, ami igazán nem tetszett. Többször előfordult már az, hogy a többi rovat javára, de az én rovatom kárára variálni kezdett. Persze azzal is tisztában vagyok, hogy a külpolitikai és belpolitikai témák mindig sok helyet foglalnak el a lapban. A reklámokat már nem is említve! De azért ez mégis dühít, ezért eldöntöttem, hogy legközelebb egy hasonló beavatkozását a munkámba már nem fogom szó nélkül hagyni.

A reklámok gondolatánál jutott eszembe, hogy interjút ígértem az óvoda megnyitóján a támogatást nyújtó cég vezetőjének. Keresgélni kezdtem a névjegykártyát, amit tőle kaptam, de nem találtam sehol. Az egyébként is bosszús hangulatomat ez még tovább paprikázta, mert nem akartam az elérhetősége utáni nyomozással az időmet pazarolni. Már az íróasztalomon nagy halomban púposodott a táskám egész tartalma és egyenként néztem végig az irataimat, a füzeteimet végiglapoztam és még a zsebkendőket is külön szétválogattam. „Ez van, nem tudok mit tenni, mert eltűnt!" Elképedten bámultam az előkerült felfoghatatlan mennyiségű holmit és egyszerűen kizártnak tartom, hogy ez a sok minden elfért a táskámban, az alján a nagyobb mennyiségű morzsával vegyesen. Ettem ugyan jó néhányszor a kocsimban, ölemben a nyitott táskámmal, de ennek ellenére még így is elképesztő ez a morzsa halom. A szemetes kosárba kirázva a belső oldalzsebek ütögetésénél éreztem a bélés szakadását, amin keresztül az anyag mögé csúszott be a névjegykártya. A táskám tisztogatására koncentrálva nem vettem észre, hogy a nyitott ajtómnál a szerkesztőség asszisztense közeledett felém. Ránézett az asztalomra szórt, hatalmas szemétkupacnak látszó halmazra és a csodálkozás legkisebb jele nélkül azt mondta:

– Nekem is pontosan így néz ki a táskám, ha kiürítem – majd a kezében tartott papírra nézett és úgy folytatta – többször keresett a mobilodon Kécskei Tibor rendőrkapitány és kérte, hogy mielőbb hívd vissza.

– Köszönöm, hogy szóltál! Mindjárt fel is hívom!

A kipakolt holmik közül elővettem a telefonomat. Érdekes módon eddig fel sem tűnt, hogy ma még nem hívott fel senki. A készülék sötét képernyőjéről jutott eszembe, hogy már reggel láttam, hogy fel kellene töltenem. Soha nem szoktam kikapcsolni, mert köldökzsinórt jelentett a munkám és az életem között. Néhány pár perc töltés után tudtam csak bekapcsolni, hogy megnézzem, de azonnal hallottam is a nem fogadott hívások sorozatba érkező hangjelzését. Kécskei Tibor rendőrkapitányt sok éve mondhatom a barátomnak úgy, hogy a magánéletünkben soha nem találkozunk, de a munkában és a szakmai támogatásban mindig számíthatunk egymásra. Visszahívás jelzéssel a többszöri csengés után az ismerős hang válaszolt.

– Kira, ma már többször hívtalak! – mondta, de nem éreztem semmilyen szemrehányást a szavaiban.

– Igen, most szóltak és láttam is. Ne haragudj! Lemerült a telefonom, amit nem vettem észre, annyira el voltam ma merülve a munkámban – szabadkoztam.

– Semmi gond nincs, az a legfontosabb, hogy most tudunk beszélni. Amit kérni szeretnék! Gyere be a kapitányságra, mert nem akarom telefonon elmondani, amiről egyeztetni szeretnék veled. Elképzelhető, hogy még ma el tudsz jönni hozzám?

– Szólok rögtön a főnökömnek és azonnal indulok! – válaszoltam.

71

A rendőrség tizenöt percnyi autózással elérhető. A szürke, két emelet magas, hosszan elnyúló épületet nem tudom, hogy az építész vagy a megrendelő szándékosan akarta-e ilyennek építtetni, mert kívülről sokkal inkább börtönre emlékeztet, mint rendőrségre. A kapunál szolgálatot teljesítő rendőr elkérte az okmányaimat, feljegyezte az adataimat az előtte lévő naplóba majd azt is megkérdezte, hogy kihez érkeztem. Kérte, hogy foglaljak helyet és várjak addig, amíg értem jön valaki. Rajtam kívül még ketten várakoztak az előtérben és nekem nem volt szándékomban leülni, mert reméltem, hogy hamarosan bemehetek. A kapus a felírt adataimat követően telefonált és azzal a jellegzetes, rendőri szabály szerinti szóhasználattal jelezte, hogy megérkeztem. Hallottam a lefelé érkező lift hangját, ahonnan egy kilépő civil ruhás rendőr szólt, hogy kövessem őt. Többször voltam már itt a rendőrségen, tudtam, hogy a szigorú szabályok nem engedik, hogy a dolgozókon kívül bárki kíséret nélkül mászkáljon az épületben. A második emeleten szálltunk ki és a kapitány ajtajáig jött velem a kísérőm, ahol a kopogtatása után engedélyt kapott ahhoz, hogy beszólhasson a jelenlétemről.

– Szia Kira! – üdvözölt Tibor, megelőzve engem a köszönésben, majd azonnal bele is kezdett – Köszönöm, hogy ilyen gyorsan eljöttél! Egyrészt számítok rád, másrészt a múlt alkalommal te voltál a liftes támadást elszenvedett gyerek családjánál.

A félelemérzetem beigazolódni látszott, mert így folytatta:

– Tegnap este ismét megjelent a férfi, ugyanazon a környéken és most is egy kamaszlányt kapott el. Szegény, sajnos roszszabbul járt, mint a múltkori eset elszenvedője, miután, berángatta őt a parkban az egyik bokor mögé. A lány barátai, akiktől percekkel előtte köszönt el, szerencsére meghallották a segélykiáltásokat és visszarohantak a segítséget kérő barátjukhoz. A támadónak ezért ismét dolgavégezetlenül kellett elmenekülnie és feltételezzük, hogy már nagyon frusztrált lehetett az ismételten elszenvedett kudarcától. Többször megütötte a lányt, aki hálaisten, csak nyolc napon belüli sérülést szenvedett el, de mindketten tudjuk, hogy csak fizikai értelemben. Azt, hogy lelkileg mit tett vele, az majd csak később derül ki.

– Nagyon rossz ezt hallgatnom, mert nagyon bíztam abban, hogy hamarosan kézre kerül és nem kell majd ismételten átélnie senkinek ezt a borzalmat – mondtam elkeseredve.

– Kira, a múltkor tudom, hogy hírzárlatot kértünk, ez mostanra is érvényes marad. Jó lenne, ha nem menne a támadó esetleg messzebbre azért, mert gondolja, hogy figyeljük. Biztos vagyok abban, hogy nem ezek az első ügyei és vége se lesz addig, amíg el nem kapjuk – folytatta. – Nem tudom mi a helyes! Kérlek segíts abban, hogy mégis valamilyen módon tudomást szerezzenek a környékbeliek, és a város lakossága is arról, hogy van egy ilyen őrültünk. Amit azonban, biztosan nem szeretnék! Megijeszteni és pletykaáradatot elindítani az emberek között, amelynek a végére a mostaninál is szörnyűbb sztorik fognak kikerekedni és keringeni.

– Értelek! – mondtam – Tudom milyen fantáziadús rémtörténetek szoktak születni az ilyen szomorú eseményekből, ami még nagyobb bajt okoz. Azt mondják, hogy egy liter benzin hatmillió liter vizet tehet ihatatlanná, szerintem másként, de a kreált pletykafolyamat, nagyságrendileg ugyanilyen ártalmas következményekkel jár.

– Pontosan így gondolom én is Kira. Attól is félek – mondta a kapitány –, hogy az információkkal számunkra rossz irányba befolyásoljuk az elkövetőt és nehezebb lesz ezért elkapni.

– Tibor, számíthatsz rám! Végig kell gondolom még a megfelelő szavakat is, ami ebbe a hírbe majd bekerülhet. Számszerűsítés nélkül, azaz nem utalva az ismétlődésre, kell majd tájékoztatnom és esetleg enyhíteném finoman a bűntett súlyosságát is, mert elképzelhető, hogy az elkövető dühös lesz, mert a pszichéje szerint ő saját magát valószínűleg hősnek tartja. A cselekményének lekicsinylése, sokszor nem tesz jót a bántalmazó egójának, de ugyanakkor a hírrel a figyelem központjába kerülhet, és törődést kaphat. Úgy vettem észre a munkám során, hogy a bántalmazások nagyon sokszor, a „figyeljetek rám" felhívást is magukban hordozzák.

Néhány szót váltottunk még ezek után a magánéletünkkel kapcsolatban és megtudtam, hogy megszületett Tiborék második kisbabája. Láttam a mosolyán, hogy ettől mennyire boldog.

A kapitánytól hallott hír teljesen kimerítette a gondolataimat, így semmi kedvem nem volt telefonálni a céghez a beígért cikk miatt. Be kellett látnom azonban, ha egyszer megígértem, akkor ezt nem halogathatom tovább. A vonalas készüléken tárcsáztam a névjegykártyán szereplő magánszámot, amikor egy kedves, fiatalos hangú nő közölte velem, hogy az „igazgató úr jelenleg nem elérhető". Annyit mondtam neki, mellőzve a bemutatkozásomat, hogy „Semmi gond! Nem fontos, holnap újra hívni fogom." A vonalasról kerestem, így nem valószínű, hogy láthatta a szerkesztőségünk telefonszámát. A hívásom után kissé kellemetlenül éreztem magam, mert azt gondolom, hogy a magánszám elsősorban a magánélethez tartozik, éppen ezért mindig zavarba ejt, ha munkaidő után ismeretlenként, munkaügyben zavarok valakit. Lehetséges, hogy most éppen ebbe találtam bele, mert öt óra már jóval elmúlt. Valószínűleg a felesége vagy a barátnője vette fel a telefonját, aki kedvesen letagadta Bendegúzt. „Mi ebből a tanulság?" tettem fel a kérdést magamnak. Az, hogy holnap a céges számán, napközben fogom felhívni. Ennyi!

Nyolcadik fejezet

– Jó napot kívánok! Szabó Bendegúzzal szeretnék beszélni.

– Jó napot kívánok! – szólt a tegnapinál idősebb hang a telefonba – Sajnos az igazgató úr jelenleg tárgyal. Átadhatok számára valami üzenetet?

Elgondolkodtam egy pillanatra, hogy megemlítsem-e, hogy már előző nap is kerestem, de úgy döntöttem, hogy ennek az információnak nincs semmilyen jelentősége.

– Kérem, hogy annyit mondjon az igazgató úrnak, hogy Kerekíró Kira kereste a Megyei Újság szerkesztőségétől. A számom 067024... – soroltam a magánszámomat, mivel a vonalason kívül nekem csak ez az egy van.

Ma délelőtt a Főnök rövid és váratlan megbeszélésre hívott be minket az irodájába. A rovatvezetőkön kívül csak néhány újságíró ért rá, az előzetesen nem egyeztetett időpont miatt. A beszélgetés első perceit ismét a külpolitikában zajló események, az észak-koreai rakéta kilövések, az amerikaiak üzenete az orosz ultimátumra és a kínaiak szerepe a többi nagyhatalommal szemben vagy azok mellett téma kötötte le. A belpolitika ugyancsak bővelkedett információkban és a pártok csatározásáról, korrupciós ügyeikről és a napi szintű botrányokról országosan és a közvetlen környezetünkben zajló eseményekről is volt mit egyeztetnünk. A megbeszélés fő oka azonban, az elhangzottakon kívül, hogy a gazdálkodási nehézségeinken abban az esetben tudunk csak javítani, ha növeljük a hirdetési felületeinket. A megdrágult alapanyag költségek ezt nagyon indokolttá tették, de mindannyian egyetértettünk abban, hogy ez ne menjen a leadott híranyag mennyiségének a rovására. A hirdetések árának emelésével a lap oldalszámait is tudjuk esetleg növelni vagy legalábbis a jelenlegi oldalszámot ugyanígy megtartani. Az egyetértésünk után én kértem a többiek segítségét. Elmondtam a rendőrségen elhangzottakat és a kapitány kérését is a hírrel kapcsolatos megjelenő írás kritériumairól. A jó csapatunk, akikkel együtt dolgozom, mindig teljes mellszélességgel állt mellém és most sem volt ez másként. A javaslataik segítségével megfogalmazódott az a kevés konkrétumot tartalmazó információs hír, amit az újságunk a másnapi számban lehozhat.

A megbeszélés alatt a szobámban hagyott készüléken újabb két nem fogadott hívás várt, de egyik sem az, akitől reméltem. Borka volt az egyik.

– Szia Borka! Látom, hogy hívtál!

– Azért kerestelek, hogy szóljak, volt nálam a liftben megtámadott Éva az édesanyjával. Meglepően jól van a kislány, de ez nem jelenti azt, hogy később nem jelentkeznek majd nála poszttraumás tünetek. Jó hír, hogy a következő alkalommal az apukájával fog eljönni a lány, így majd beszélhetek a férfival is – mondta. Azonban a ma reggeli, szakmai megbeszélésünkön elhangzott egy információ, miszerint történt azon a környéken még egy hasonló, de úgy tudom, szintén sikertelen támadás.

– Püff neki! A hírek aztán pillanatok alatt szárnyra kapnak! – mondtam kissé dühösen.

– Kira! Ez kizárólag szakmai körben hangzott el. Ne boszszankodj már! A másik megtámadott fiatal pszichológusa vetette fel, amikor az átélt traumák kezelésének fontosságáról beszéltünk. A kamaszlány szülei keresték meg őt ebben az ügyben, hogy segítsen nekik.

– Jaj, Borka! – szóltam közbe szokásomhoz híven. – Nem rád vagy a kollégáidra lettem ingerült, csak megijedtem. A rendőrséggel tegnap egyeztettem és az a kérésük, hogy a mi hírünk is csak pár szó erejéig tájékoztasson. A gyanújuk szerint több lehet az elkövető rovásán, sőt elképzelhetően vannak olyan áldozatok, akik esetleg nem tettek feljelentést. A nyomozást nehezítené, ha a támadó eltűnne vagy az ország másik pontjára helyezné át a székhelyét. A kapitányt nem faggattam tegnap erről, de az volt a megérzésem, hogy van már valami a tarsolyukban, amit még nem akart nekem sem elmondani. Lehet azért, mert egyelőre csak gyanújuk van és talán durvább is lehet a két ismert támadásnál.

– Amiért még kerestelek – folytatta Borka –, hogy a Lendvay iskolából hívott egy tanár, mert a gyerekek az egyik apukáról beszélgettek, aki állítólag a lánya bugyijába nyúlt és a gyerek fél tőle. El fogok ezért menni az iskolába, de szülői beleegyezés nélkül nem vizsgálhatom meg a gyerekeket. Ki kell találom, mit tudok majd csinálni, hogy kiderüljön igaz-e, amit a tanárnő hallott, mert a szülőket nem lenne szerencsés egy ilyen információba beavatni. Sajnos a gyerekek beszélgetéséből nem derült ki semmilyen más konkrétum. Az is lehet, hogy fantáziálnak, volt erre példa már gyerekeknél, miután titokban, sikeresen végignéztek otthon egy pornófilmet – sóhajtott nagyot Borka.

– Szeretlek Borka! Annyira érződik a szavaidból az aggodalom és a szeretet, amit a munkáddal kapcsolatban érzel. Ha pszichológusra lesz majd szükségem feltétlen téged foglak megkeresni!

– Köszönöm – nevette el magát – de egyrészt, remélem nem lesz szükséged rám, mint pszichológusra, mert nálad kiegyensúlyozottabb embert keveset ismerek. Te mindig pontosan tudod, hogy mit akarsz. Másrészt, a rokoni szálak kizárják, hogy ilyen módon segítsek neked. Az elfogultságom irányodban pedig a legrosszabb tévedéseimet is képes lenne pozitív dolgokra átfordítani.

Rajtam volt a sor, megjegyzése megmosolyogtatott:

– Akkor ezt a részt most meg is beszéltük! A Lendvay iskolában dolgozó egyik tanárnő régóta a barátnőm, rákérdezek majd, hogy hallott-e valamit az előbb említettekről. Te megtudtál már valamivel többet a teherbe ejtett lányról?

– Sárinak hívják és eljött ismét hozzám, mindenféléről beszélgettünk, de még mindig titkolózik. Ez tényleg csak türelemjáték ebben az esetben a részemről.

A beszélgetésünket alighogy befejeztük, rezgő hang jelezte Szabó Bendegúz hívását.

– Nagyon köszönöm és örülök, hogy keresett Kira! – mondta rögtön.

Talán a mosolygósan barátságos hangja miatt nem figyeltem arra, hogy elmaradt a köszönése vagy az is lehet, hogy csak én nem hallottam meg.

– Azért hívtam, mert a megbeszéltek szerint elmennék a cégükhöz, hogy a találmányukról írjak. Mikor lenne ez önnek megfelelő? – kérdeztem rögtön a tárgyra térve.

– Nekem akár a ma délután is jó, ha önnek ez belefér az idejébe?

– Egy óra múlva vissza fogom hívni – válaszoltam –, mert egyeztetnem kell még itt a munkahelyemen pár befejezetlen ügyet. Ha ezek után a mai nap még aktuális lehet, akkor megbeszélhetjük.

– Természetesen! Én kértem a segítségét. Hívjon a magánszámomon, ahogy a múltkor is már említettem önnek!

– „Na, ja!" – gondoltam erre, de illendő választ adtam a gondolatomban megfogalmazódott kétkedésem helyett – Rendben van! Rövidesen hívni fogom!

Nem tudok magyarázatot találni az okára, de a hangja ismét nyugalmat árasztóan varázsolt el. Visszatereltem az elkalandozó képzeletemet a tegnap félbehagyott munkámra, amely miatt egyeztetnem kell még Antallal is. Enikőt is fontos ma megkérdezzem, hogy hallott-e arról, amit az iskolában a gyerekek beszélgettek.

Kicsivel több, mint egy óra alatt sikerült mindent befejezni. A barátnőmmel csak pár szót tudtunk váltani, de annyit azért sikerült megtudnom, hogy semmilyen információja nincs arról, amit Borka említett nekem.

Másfél órával később már a hatalmas területen fekvő cég portása nyitotta ki nekem a bejárati sorompót. Az udvaron a hosszú csarnok előtt sorban álltak a parkoló autók. A portás valószínűleg szólhatott, mert a főépület irányából Bendegúz jött felém kedves mosollyal az arcán. Magamat nem akarom becsapni ezért be kell ismernem, hogy valami különlegesen jó érzéssel tölt el még a férfi látványa is. A kölcsönösen örömteljes üdvözlésünket követően a főépületbe mentünk, ahol a magas belső térből az átlagosnál magasabb és szélesebb kétszárnyú barna színű ajtók nyíltak az irodákba. A főmérnök elegánsan berendezett szobájában mutatta meg az új játék makettjét, amelyet a szabadban lévő játszóterekre ő tervezett. A mozgással egybekötött, kreatív játék nemcsak gyerekeknek, hanem az egész család számára készült. A gyártási folyamatok már javában folytak, a játszóterek kiválasztásánál és a szerződések megkötésénél tartottak. Az elmondottakból kiderült, hogy ennél a projektjüknél mennyire fogadóképesek voltak az önkormányzatok. A főmérnök megismételte, amit Bendegúztól már hallottam, miszerint a cikkem nem a játék eladásában, inkább a lehetőség megismerésében segíti az olvasókat. A főmérnök részletes tájékoztatása annyi információval látott el, hogy már egy teljes oldalnyi anyagot tudnék készíteni belőle, de a végén Bendegúz a saját irodájába invitált. Elmesélte, hogy ez a fajátékokat készítő gyár az édesapja családi vállalkozásából nőtt ilyen hatalmassá, ezért az előzőekben hallottak mellé a család érdekes történetéről is tudtam anyagot gyűjteni. A beszélgetésünk végére a kommunikációnk olyannak tűnt, mintha már évtizedek óta ismernénk egymást. Nevetgélve sétáltunk a parkolóhoz és mielőtt elköszöntünk, a férfi kérdése nem ért váratlanul:

– Meghívhatom vacsorára? Cserébe, amiért megírja rólunk ezt a cikket?

– De hát, még azt sem tudja, hogy tetszeni fog majd az, amit írok?! Talán előbb el kellene olvasnia az elkészült anyagot és az elégedettsége után feltennie nekem ezt a kérdését – válaszoltam.

– Én teljes mértékben megbízok magában! Annyira biztos vagyok abban, hogy egy vacsora meghívást bátran, a cikke elolvasása nélkül is megkockáztathatok. A holnapi napon esetleg ráérne?! – nézett rám reménykedve.

– Meglátom majd miként alakul a munkám és azután telefonálok önnek, hogy el tudom-e fogadni a kedves meghívását.

Az autómban sokáig magam előtt láttam még az arcát, azzal a biztos tudattal, amelyen látszott, hogy úgysem fogom visszautasítani a vacsorameghívását. Ő azt nem sejthette, de nagyon is igaza volt, hogyha ezt gondolta rólam!

Másnap időnként úgy éreztem magamat, mint egy kamaszlány, aki az első randevújára készül. Miután telefonáltam, hogy elfogadtam a vacsorameghívást, azután már képtelen voltam a dolgaimra koncentrálni. Szerencsére, leginkább két európai vezető látogatásának hírei foglalkoztatták a szerkesztőségünket, ami máskor engem is nagyon lázba hozott volna. Ugyanakkor nem volt szükség rám a megbeszéléseken, ezért megtehettem, hogy a szobámba zárkózva várom az idő múlását. Nem zavart senki, lassan ugyan, de végül is mindennel sikerült végeznem. Hat órakor, pontosan a megbeszélt helyen állt a fekete SUV. A várostól körülbelül húsz kilométernyire levő Lovas csárda nevű helyre autóztunk, amit ezidáig nem ismertem. Kiderült, hogy alig egy éve nyitották meg az éttermet, kimondottan a mellette található népszerű lovarda mellé. Bendegúz javaslatára először a lovardát néztük meg, ahol húsz-huszonöt boksz sorakozott a lovak elhelyezésére. Arra gondoltam, hogy a férfi, mintha csak a fejembe látna, mert az állatszeretetem első helyét a kutyák és a lovak foglalják el. Évek óta tervezem már, hogy keresek egy helyet, ahol megtanulhatok majd lovagolni. El is mentem néhányszor, de vagy az istállóban látott állapotok vagy az ott dolgozó lovászok mindig elriasztottak a vágyaimtól. Ezen a helyen azonban a tágas bokszokban tiszta volt a szalma, az etetőkben halomban állt a szép sárga színű széna és önitatója volt mindegyik állatnak. A nyergek, kantárok, izzasztók katonás rendben sorakoztak az arra kijelölt helyen. Néhány ló állt most csak a bokszában, akik barátságosan nyújtották ki felénk a fejüket, amikor a közelükbe értünk. A lovarda épületén kívül, a tekintélyes méretű legelők körül hatalmas fák biztosítottak árnyékot a legelésző állatok számára. Bendegúz biztosan látta rajtam, hogy milyen erős hatást gyakorol rám a hely, ezért hagyta, hogy belemerüljek ebbe a végtelen nyugalmat árasztó világba. Sejtelme sem lehetett arról, mennyire értékes ez az idő, amit ezzel adott nekem.

Az étteremben a faltól falig ablakon keresztül látható vadregényes természet lenyűgöző látvánnyal fogadta az érkezőket.

– Nem tudom Bendegúz, hogy mennyire fog tetszeni önnek a beígért cikkem, de már idáig is bőven megköszönte ezt nekem azzal, hogy ide eljöttünk. Gyönyörű ez a hely! – mondtam.

A pincér zavarta meg, hogy reagálhasson az elhangzott megjegyzésemre, de miután rendeltünk, ő kérdezett először:

– Mi szeretett volna lenni akkor, ha nem újságírással keresi a kenyerét?

– Ügyvéd! – vágtam rá egyből – Nem tudom pontosan mikor volt, amikor egy régi sorozatot ismételtek és én akkor voltam tizenéves. Barry Newman játszotta a főszereplőt Petrocelli néven és a film címének is ezt a nevet adták. Mai szemmel úgy értékelnénk, hogy ő volt a szuperhős. Ügyvédként mindig, mindent sikerült kinyomoznia és természetesen megoldania is. Egyszóval számomra ő maga volt az igazságosság és a törvény egy személyben. Eldöntöttem akkor, hogy majd ügyvédként pontosan én is ilyen leszek és az összes bűnügyet megoldom. Végül teljesen másként alakult az életem! – válaszoltam.

– Megbánta azt, hogy nem egy ilyen „mindenkit megmentő" sztárügyvéd lett?

– Nem, egyáltalán nem bánom, mert a munkámban mindazt megtaláltam, amit kerestem! Tudja Bendegúz, hogy mi van az eredeti ügyvédi eskü szövegében? – kérdeztem tőle.

A fejét ingatva mutatta, hogy nem tudja.

– „Az igazat nem hamisítom, a hamisat nem igazítom" és én újságíróként eszerint írok a mai napig, mert ez a szöveg ugyanúgy kell, hogy vonatkozzon az újságírás tollforgatóira is, mint a jogászokra – mondtam.

– És ettől a nagyon szép fogadalomtól soha nem kellett eltérnie, semmilyen ügyben, amikor írt?

– Előfordult – válaszoltam – most nem is olyan régen, amikor a rendőrség kérésére egy szexuális ragadozóról jóval kevesebb információt közöltünk le, de a cél érdekében tettük és nem meghamisítva.

Eközben meghozta és letette elénk a pincér az ínycsiklandó vacsoránkat, amely a hely színvonalával egyenértékűen tökéletesre sikerült. Mindketten ugyanazt az ételt, különböző körettel rendeltük meg, majd a laktató fogás után ismét belemerültünk az egymás felé irányuló kérdésekbe.

– Visszatérve még az előző témához kapcsolódva megkérdezném, hogy miért szeret írni? – nézett rám érdeklődéssel Bendegúz.

– Érdekelnek az emberek, a miértek és ezzel összefüggésben az, hogy az emberi sorsok mitől alakulnak annyira különbözőképpen. Miért lesz egy ember, mint az előbb említett esetben is egy kíméletlen szexuális ragadozó? A cikkeimet és a riportjaimat igyekszem mindig úgy írni, hogy ne csak a sztorit, hanem az embert is láthassa mögötte az olvasó. Szeretem végigjárni az egész történetüket, mint ahogy önnél is ezt teszem, mert nem csak a cégéről, hanem a családjáról is írok, hogy lássák az olvasók, hogy vannak, akiknek sikerült megvalósítani az álmaikat – mosolyogtam el magamat.

– Ezek szerint nagy álmodozóként most sem változtatna, de ha mégis megtenné, akkor mit csinálna szívesen?

– Úgy látom, most én lettem az ön riportalanya – nevettem el magamat. Nem baj, én nem szoktam interjút adni, de azért nem lenne jó, ha ma mindent megtudna rólam, én pedig semmit sem önről. Szóval! A kérdésére válaszolva azt hiszem, hogy nagyon érdekelnek az emberi viselkedések mellett az állatok magatartásával foglalkozó kutatások is, olyasmi amit Konrad Lorenz csinált egész életében. Na, de ezek után most már én fogok kérdezni! Mi volt az ön gyerekkori álma, mert azt nem gondolom, hogy a közgazdász végzettség olyan érthető foglalkozás lenne egy kisgyerek számára?

– Igaza van ebben, mert az apám volt a közgazdász, ezért alakult így, hogy az ő nyomdokaiba léptem. Az egyetemi évek alatt többször gyötörtem magamat azzal, hogy az eredeti elképzelésemet nem kellett volna elengednem. Állatorvosnak lenni, mert ez volt az áhított vágyam és ezt a foglalkozást éreztem mindig a legközelebb magamhoz. A családi vállalkozásunk azonban egyre jobban kinőtte magát, így aztán mégis befejeztem az elkezdett közgazdász szakot. Egyértelművé vált addigra, hogy a családi vállalkozásunkban lesz rám rövidesen apámnak szüksége, másrészt örömet jelentett mellette tervezgetni, dolgozni. Először kisebb fajátékokat készítettünk, utána már egymás után jöttek sorba a nagyobb munkák. Bővítettük a tudásunkat is hozzáértő tervezőkkel, szakemberekkel. Amint látta, amikor nálunk volt, hogy kétszer is elnyertük a dolgozóink szavazatai alapján a „Legjobb, legbarátságosabb munkahely" címet, de azt hiszem ezekről a múlt alkalommal már beszéltem önnek – mondta látható büszkeséggel.

Néztem a barátságos arcát és arra gondoltam, hogy már az idejét sem tudom annak, hogy mikor töltöttem el ilyen kellemesen valakivel az időmet.

– És az állatszeretete a mai napig megmaradt? – folytattam tovább a kérdezősködést.

– Igen. Van egy kedvenc németjuhász kutyám és az előbb, amikor kint sétáltunk a lovardánál, nem akartam megzavarni az elmélyülését, gondoltam, ráérek még dicsekedni azzal, hogy az egyik pej ló azok közül, akiket a legelőn látott, az enyém.

Meglepődve néztem rá, mert nem mondtam el neki, hogy éppen azon ábrándoztam a karámoknál, hogy én milyen nagyon szeretnék lovagolni. Az arcomra valószínűleg kiült a meglepődésem, de nem akartam elárulni most sem a gondolataimat. Nem szerettem volna, ha esetleg félreérti. Csendben várt, de mivel nem reagáltam a mondataira, így ő tovább folytatta:

– Gyerekkorom óta lovagolok már, mert ilyenkor érzem azt, hogy eggyé tudok válni a természettel. Csodálatos élmény, hogy az évszakoktól függetlenül bejárhatom az erdő legrejtettebb zugait. A ló aurájában megváltozik az ember és ezt én minden alkalommal megtapasztalom. Csodálatos dolog, hogy ezeknek a hatalmas állatoknak a hátára felül az ember és ők teljes bizalmukkal engedik, hogy a lovas irányítsa őket. Egyébként tudta azt Kira, hogy a lovak olyan félénkek, mint a nyulak? – kérdezte ekkor tőlem.

Persze, hogy tudtam, de csak igenlően bólintottam, mert tovább akartam hallgatni, ahogyan mesél ezekről a dolgairól.

– Már négy éve van lovam és tavaly, amikor az egyik barátom itt nyitotta meg az éttermét, akkor fedeztem fel ezt a helyet. Némileg távolabb van, mint az előző hely, ahol voltam, de megérte idejönni, mert azóta bebizonyosodott, hogy helyes döntés volt ez a részemről. Hetente, ha tudok, háromszor is eljövök ide, de ha kevés az időm, akkor csak lecsutakolom őt és az a különös benne, hogy már a ló tisztogatása is felér többórás relaxációval.

– Akkor, ha most változtatna a munkáján, ahogyan tőlem kérdezte az előbb, mit választana? – kérdeztem.

– Határozottan állíthatom, hogy nem szeretnék már mással foglalkozni! Kimondottan jól érzem magamat a bőrömben és szeretem azt, amit csinálok.

Nem reagáltam erre, de ezt az állítását teljes valóságában tükrözte a kisugárzása, ezért más témára tereltem a kérdésemet:

– Bendegúz, amikor az óvodában találkoztunk, különösnek találtam, hogy a nevével kapcsolatban ismeretlenül és rögtön megjegyzést tett. Megkérdezhetem, hogy miért volt ez rögtön annyira fontos az ön számára?

– Kira, látom már, hogy engem is a riportalanyai elemzései szintjére sodor! – nevette el magát. Gyerekként a szüleim úgy gondolták, hogy a Szabó névhez valami különlegesebbet kell találniuk, ahogyan ezt említettem is. Azt akarták, hogy én, mint az egyetlen, későn született utódjuk a nevemmel se olvadjak majd bele a tömegbe. A legdurvábban hangzó nevek közül – hosszú viták után – sikerült kiválasztaniuk a jelenlegi Bendegúzt. Van egy latin mondás: „Nomina sunt odiosa", de azért előre megjegyzem, hogy nem vagyok latin mondás szakértő. A nevem miatt ezt viszont megtanultam, miszerint a nevek ellenérzést válthatnak ki másokból. Igazolhatom, hogy az iskolában a többi gyerektől ezt sikerült is megtapasztalnom, egészen addig, amíg valaki el nem nevezett Bendének. Bár úgy látom, önnek a Bendegúz megszólítás tetszik inkább – jelentette ki határozottan.

– Arra már gondoltam, hogy a név előfordul, hogy ellenérzést vált ki – válaszoltam – és valóban vannak nagyon szerencsétlenül megválasztott nevek, de főleg azok, amelyek inkább gúnyolódásra adnak okot, mert egyértelműen félreérthetőek. A Bendegúz név esetében nem ezt gondolom, mert ritka, de nem félreérthető. A Kira sem túl gyakori név és én azt a latin mondást ismerem, hogy: „Nomen est omen". ami talán úgy hangzik, hogy a „név a sors előjele". A Kerekíró névnél ezt határozottan így gondoltam az „író" vég miatt. Ha azt mondom, hogy a Kira névnél is így gondolom, akkor kicsit már nagyképűnek kell hozzá lennem.

– Miért mondja ezt? Most akkor kérem, hogy változzon egy kicsit nagyképűvé. Szeretném tudni, hogy ez mégis mit jelent? – nézett kíváncsian rám.

– Készüljön rá Bendegúz, mert ez keményen fog hangzani! – Azt mondják, hogy viselője egyéniség, aki képes a legnehezebb helyzetekben is uralkodni. Azt szándékosan nem említem, hogy a jelentése szerint még uralkodó is! – láttam, hogy ez tetszett a férfinak, mert miután elmondtam, ő elnevette magát.

– Én sajnos nem tudom, hogy mi a Bendegúz jelentése, csak a viselőjének a jellemzését ismerem, miszerint, aki ezt a nevet kapja az bátor, kitartó és erőssége a nagy akarata, amivel másokat is képes támogatni. A csalódást azonban nehezen viseli el, olykor ezért bizalmatlanná válik. Ennyit olvastam és tudok csak a névről – mondta.

A nevéről elmondott jellemzés utolsó mondatáról csak később derült ki, hogy a valóságban is milyen komoly jelentősége van. A beszélgetésünk kikerülhetetlenül lassan átterelődött a magánéletünkre és a párkapcsolatokra is. Elmondtam neki, hogy én elváltam és jó ideje egyedül élek már. Beszéltem a szüleimről és arról is, hogy miként kerültem az újsághoz, sok-sok évvel ezelőtt. Elmeséltem azt is, hogy gyerekként sokszor kerültem olyan helyzetekbe, aminek a lánygyerekek ki vannak téve, de nekem mindig szerencsém volt. Lehet, hogy a munkám során ezért is írok ilyen sorsokról, esetekről, mert azt hiszem, hogy nem félni, hanem mindig óvatosnak kell lenni. Miután én az életemet alaposan feltérképeztem, óhatatlanul következett ezek után, az egyáltalán nem tolakodásnak tűnő kérdésem az ő magánéletéről. Nyílt, tiszta tekintettel nézett a szemembe, amikor el kezdte mesélni a sorsának ezt a fejezetét.

– Egyetemista koromban, éppen amikor azon törtem a fejemet, hogy abbahagyom a megkezdett közgazdász szakot, bizonytalanná és szétszórttá váltam. Buliból buliba jártunk a haverjaimmal. Semmi különös, mert ezek a szórakozások olyanok voltak, mint amilyenek bármelyik egyetemista életére jellemző. Igazából a belső feszültségemet akartam oldani, mert nem tudtam eldönteni, hogy mitévő legyek. Szerencsére azért ez a dilemmám nagyon rövid ideig tartott. Ebben az időszakban ismertem meg egy lányt, aki az egyetemen egy másik szakra járt. Többször összefutottunk az esti partikon és az egyik átbulizott éjszaka után az ágyban kötöttünk ki. Az igazsághoz tartozik, hogy nem éreztem túl nagy jelentőségűnek ezt a kapcsolatot. Viszonyíthattam, mert hosszabb, rövidebb ideig voltak már előtte barátnőim. Soha nem akartam őt becsapni, hitegetni, mert kedveltem, de nem éreztem, hogy ő lenne számomra az igazi. Ő ennek ellenére meglepő módon nagyon tudott alkalmazkodni hozzám, ami időnként már zavaró is volt számomra. Lassan megszoktam az állandó jelenlétét és hogy saját igényét követi azzal, hogy mindig ott van a közelemben. Egyszer aztán valahogy mégis elszakadtunk egymástól, minden különösebb indok nélkül, de az is elképzelhető, hogy rám és az alkalmazkodására is ráunt. Az egyetemi évek végén aztán engem ért egy nagyobb csalódás, ahol én próbáltam máshoz alkalmazkodni, de ennek a lánynak éppen nem erre volt szüksége. Ezek után hosszabb ideig nem volt senki az életemben. Az elsőként említett, alkalmazkodó barátnőmmel egyszer aztán véletlenül összefutottunk, amikor ugyanazon a megrendezett konferencián vettünk részt. Ő külkereskedelemmel kezdett foglalkozni a diplomaosztó után, így sokat járt külföldre és nem volt neki sem párkapcsolata abban az időben. Amikor találkoztunk, úgy nézett rám, hogy láttam rajta azt, hogy még mindig fontos vagyok neki, de ezt ő hamarosan el is árulta nekem. Idősebbek voltunk és újra kezdtük építeni a kapcsolatunkat, mert jól esett az a problémamentes élet, amilyenben a szétválásunk óta nekem nem volt részem. Két hónappal később, legnagyobb döbbenetemre miközben hazafelé sétáltunk, bejelentette, hogy állapotos. Álltam vele szemben az utcán és nem tudtam azt színlelni, hogy örülök annak, amit mond – hallgatott el Bendegúz, miközben erősen fürkészte az arcom. Mivel megszoktam már az interjúalanyok kutakodó nézését, mikor azt figyelik, hogy én mit gondolok vagy érzek, ezért a férfi sem látott rajtam semmit, ezért tovább folytatta. – Próbáltam akkor ott elmagyarázni a barátnőmnek, hogy nem vagyok még erre felkészülve, hiszen saját magunk életét kell előbb kialakítanunk. Amennyire alkalmazkodó volt ő előtte, annak ellentéteként viselkedett és akkor határozottan kijelentette, hogy akár akarom, akár nem ő megszüli ezt a babát. Azt válaszoltam, hogy egy szóval sem említettem, hogy vetesse el, csak fel kell ezt dolgoznom, mert nagyon váratlanul ért a bejelentése.

Nem mondanám, hogy könnyen ment, de megbékéltem a gondolattal és egyre jobban örültem annak, hogy hamarosan apa leszek. Egy hónappal később, minden különösebb felhajtás nélkül összeházasodtunk. A szüleink akkor már nem éltek, így a tanúkkal és egy két baráttal ünnepeltünk. A terhesség harmadik hónapjánál már biztosan tudtuk, hogy a feleségem ikreket vár, annak ellenére, hogy egyikünk családjában sem volt előtte ikerterhesség. Sajnos két hónappal később az is kiderült, hogy valami nagyon komoly rendellenessége van a babáknak, amit minden elvégzett vizsgálat alátámasztott. Több orvos mondta ugyanazt a súlyos diagnózist. Nem volt kérdéses az sem, hogy a kritikus három hónapon túljutva nem lehet művi vetélése, hanem már meg kell születnie a babáknak. Ez bonyolultabb és fájdalmasabb volt testi és lelki értelemben nézve egyaránt.

– Nagyon sajnálom! – rándult még a lelkem is görcsbe az elhangzottaktól, mert eszembe juttatta a saját babám elvesztését, amiről én nem beszéltem.

– Iszonyú nehéz hónapok következtek ezek után – folytatta Bendegúz, miután meg sem hallotta, amikor csendben hozzászóltam –, amely inkább szorosabb köteléket alakított ki a feleségem és köztem. Egymásra támaszkodtunk akkor sokáig, de az elmúlt évek alatt a házasságunk már egyre látványosabban szelídült barátsággá.

A „már" szócska kizökkentett engem a története szomorú hangulatából, mert bekapcsolt az a furcsa félelmem, aminek következményeként sajnos a számat sem sikerült befognom és mielőtt átgondoltam volna, kibukott életem egyik legostobább megjegyzése.

– Bendegúz, ugye akkor most az jön, hogy de...! Vagyis az a mondat, hogy „még nem váltunk el"!

Bendegúz arcán végtelen szomorúság suhant át a megfontolatlanságomból fakadó kijelentésem miatt. Bosszúságot nem láttam a férfi arcán, de úgy nézett rám, mint aki éppen abban a pillanatban elveszített valamit. Tudtam rögtön, hogy meggondolatlanul voltam tapintatlan! Értelmetlen lett volna magyarázkodnom arról, hogy mekkorát csalódtam kétszer is, amikor éppen azt hittem, hogy már tartozom valakihez. A válóperük még kilátásban sem volt azoknak a férfiaknak, akiket kezdtem megszeretni, talán ezért lettem vak a belőlem fakadó korlátolt vágyaim miatt. Annyira hiányzott mellőlem egy társ, hogy másodszor is bele tudtam sétálni egy pontosan ugyanolyan csapdába. Eldöntöttem a keserű tapasztalataimat követően, hogy óvatos leszek és ez még egyszer nem fordulhat elő velem. A megjegyzésem után bekövetkező néhány pillanatnyi csendet csak annyival törte meg Bendegúz, hogy „a válóperünk most zajlik".

Az este további részében másról kezdtünk beszélgetni, de ezek után az együtt töltött időt már csak udvarias, kimért hangulatban töltöttük el. Nehezen, de beláttam, hogy nekem kell jeleznem azt, hogy induljunk haza, mert a férfi annál sokkal udvariasabb, mintsem megsértsen azzal, hogy részéről itt a vége. Semleges dolgok kerültek szóba visszafelé a városba menet is. Nagyon tisztán éreztem, hogy mind a ketten alig várjuk, hogy elköszönhessünk egymástól.

Másnap reggel email-en küldtem el Bendegúznak azt a hosszú írásomat, amit a cégről és a találmányukról állítottam össze szuper illusztrációkkal mellékelve. Még nagyjából tíz perc sem telt el, amikor udvarias és távolságtartóan köszönő szavak érkeztek az elküldött anyagomra reagálva. Határozottan biztos voltam abban, hogy el sem olvasta, amit átküldtem, mert ugyan az előzőekben azt mondta, hogy megbízik bennem, de jelenleg nem hiszem, hogy az irántam érzett bizalom volt a fő oka annak, amiért nem érdekelte a cikk.

Többször elolvastam a viszontválaszát, mintha ezzel megváltoztathatnám a tartalmát, majd néhány mély lélegzetvétel után tárcsáztam a szüleim számát. Anya vette fel és azon a jól ismert megnyugtatóan vidám hangján mondta:

– Kislányom, de örülök, hogy felhívtál!
– Anya! Szia! Eljövök ma hozzátok munka után!

Kilencedik fejezet

Két hétnél több is eltelt már a Bendegúzzal töltött este óta. Annyira reméltem, hogy keresni fog és akkor elmagyarázhatom neki, miért is reagáltam bizalmatlanul azt, hogy saját sérelmem okozta akkor este a tapintatlanságomat. El szerettem volna mondani azt is, hogy neki ehhez a félelmemhez semmi köze sincs. De mégis mit mondhatna erre, hiszen ő ült és beszélt akkor ott velem szemben! Ki másnak mondhattam volna? Napról napra egyre ritkábban jutott eszembe az a nap, de amikor rá gondoltam, akkor a szégyen érzetét mindig el kellett hessegetni magamtól. A ma reggelem a magam számára terhelő eszmefuttatásaim nélkül is pocsékul kezdődött. A szerkesztőségben vettem csak észre, hogy fölösleges keresnem a telefonomat, mert az otthon maradt. A rossz kedvemet ezek után tovább tetézte, hogy a már régóta érlelődött vitába keveredtem a tördelőszerkesztővel. A múlt alkalommal megfogadtam, hogy nem hagyom annyiban, szólni fogok neki, ha indokolatlanul többet avatkozik a munkámba, mint bárki más a kollégaim közül. Azt hiszem éppen kapóra jött, hogy a dühömet rajta vezessem le. Eredménye sem volt és ettől jobb sem lett a kapcsolatunk. Nem bántam meg, de azért remélem megértette mi a problémám vele, hogy csak akkor javítson az írásaimban bármit, amikor az valóban indokolt és ne bosszantson fel azzal, hogy a saját stílusát próbálja rám erőltetni. Felpaprikázott hangulatomban, az alig hallható kopogással érkező új asszisztens lépett be a szobámba. A rendőrségtől jött üzenetet hozta, ami csak annyit tartalmazott, hogy „elkaptuk!".

A kapitányság központi száma megszakítás nélkül foglaltat jelzett, hiába próbáltam folyamatosan tárcsázni. Tudtam mit jelentett ez a rövid üzenet és alig vártam, hogy többet megtudjak róla. Szerettem volna odarohanni, de időpont egyeztetés nélkül esélytelen lenne beszélnem Tiborral. Végre nem foglaltat jelző gépi hang válaszolt, de így sem vették fel a kagylót, ezért jobbnak láttam feladni.

Kora délután megcsörrent a vonalas telefonom, amelyen a rendőrkapitány hangját hallottam:

– Szia Kira! Üzentem neked, hogy sikerült elkapni a támadót, csak addig nem akartam szólni neked, amíg elég bizonyítékot nem tudtunk felmutatni. Tudom, hogy nagyon érdekel és szeretnél írni róla. Jó lenne neked, ha a ma délután eljönnél hozzám, mert holnap néhány napra külföldre kell utaznom.

– Rövidesen indulok Tibor, alig várom, de egy anyagot a határidő miatt muszáj még befejeznem, hogy ma időben a nyomdába kerülhessen – mondtam.

– Kérlek akkor, hogy mielőtt elindulsz azért csörgess rám!

– De jó, hogy eszembe jutott! Mondd meg a mobil számodat légy szíves, mert otthon maradt a telefonom, a központi számotokon pedig képtelenség lesz elérni téged.

– Tudom, hogy így van, mert az állandó foglalt vonalra többen panaszkodtak már – válaszolta, miután lediktálta a mobiltelefonja számát.

Viharos gyorsasággal igyekeztem mindent befejezni, ezért sokkal hamarabb végeztem, mint ahogyan azt terveztem. Azonnal hívtam Kécskei Tibor naptáramra firkantott mobilszámát.

– Most tudok indulni hozzád, megfelel ez még neked? – kérdeztem reménykedő hangon.

– Sajnálom Kira, de mégsem tudok időt szakítani rád ma, mert bennünket is érintő, nemzetközi bűnszervezet ügyében nyomozunk jelenleg és ezért is kell holnap külföldre utaznom.

– Megértem Tibor, de legalább annyi időt tudnál még szánni rám, hogy röviden elmond, a történteket? Nem fogom jegyzetelni, de megöl a kíváncsiság, hogy miként sikerült ezt a gazembert elkapnotok!?

– A dicsőség nem a miénk, hanem Belláé.

– Kicsodáé? Ki az a Bella?? – kérdeztem tőle döbbenten.

– Bella egy kiképzett németjuhász kutya! – nevetett fel az elképedésemen.

– A ti rendőrkutyátok?

– Ettől igazán érdekes a helyzet, mert nem az állományunkhoz tartozó kutyáról van szó. A Bella nevű hős, a megtámadott fiatal nő barátjáé.

– Tényleg, komolyan mondod?! Most ettől még kíváncsibbá tettél – mondtam.

– Az történt, hogy a fiatal, húsz év körüli pár elvitte a kutyát sétálni a város északi területén levő fennsíkra. Tudod ott, amelyik mellett építik az új lakóparkot. Többnyire még a kirándulók vagy a kutyasétáltatók a mögötte húzódó fenyőerdőbe szoktak menni. Ezen a bizonyos napon a pár összeveszett valami miatt, ezért a fiatal nő dühösen otthagyta a barátját a kutyájával együtt és ellenkező irányba, a mező és az újonnan épülő házak felé indult el egyedül. Nem járt túl messze, amikor a bokros rész takarásából előugró férfi megtámadta és berángatta magával a bokrok közé. A nő barátja a másik irányba ment, amikor a pórázon vezetett kutyája visszafelé az ellenkező irányba kezdte el őt húzni. Nem lehet tudni azt, hogy meghallott vagy megérzett valamit a kutya. Őrző-védő és engedelmességi vizsgán is kiképzett kutyáról beszélek, ezért ez a viselkedés nagyon szokatlan volt a gazdája számára. A mi kutyáink is úgy vannak kiképezve, hogy a külső ingerek nem zavarhatják meg őket, mert minden esetben a gazda utasítása kell, hogy legyen az első. A srác ezért elindult arra, amerre a kutyája húzni kezdte, mert azt gondolta, hogy ennek a viselkedésnek oka lehet. Az egyre erősebben feszülő pórázt leoldotta a kutya nyakörvéről, miközben ő senkit és semmit nem látott, de a kutyája szélsebesen rohanni kezdett előre. Körülbelül ötszáz méterrel arrébb Bella az útszéli vízelvezető árkot átugrotta és eltűnt a bokrok mögött. Akkor már a fiatalember is futni kezdett utána és egy magas férfit látott maga előtt kiugrani az útra, aki eközben hatalmasat esett nagyjából azon a részen, ahol a kutyája eltűnt. A férfi az esést követően azonnal talpra ugrott és rohant tovább az ellenkező irányba. A fiatalember, amint odaért és meglátta a síró barátnőjét, aki szakadt ruhájában botorkált ki az útra, mellette Bellával, kétség nem fért neki ahhoz, hogy mi történhetett. A kutya ekkor a gazdája utasítására az elkövető nyomába eredt és rövid üldözést követően a vicsorgó, félelmetes állattól a férfi már mozdulni sem mert. Minket ezután értesítettek és fogtuk meg az emberünket – fejezte be a kapitány.

– Szóhoz sem tudok jutni, mert ez olyan filmbe illő történet, de az a legjobb rész benne, hogy megvan a férfi.

– Mindig mondom Kira, hogy a kutyák különleges képessége, az értelmük, a szaglásuk soha nem helyettesíthető az ember tudásával. Sok bűnöző utólagos elfogását is köszönhetjük ezeknek az állatoknak, mert a több évig tárolt szagminta után is képesek felismerni a gyanúsítottakat.

– Történt azóta valami még az ügyben? – kérdeztem, leplezve a bennem egyre erősödő rossz érzésemet.

– Nagy meglepetésünkre, semmit nem tagadott az elkövető. A múltkori beszélgetésünkkor nem mondtam el neked, hogy már találtunk ujjlenyomatot is, de akkor még csak gyanítottuk, hogy a férfié lehet. A parkban, ahol a kamaszlányt megtámadta, a bokor előtti padon kávéspoharat hagyott, tisztán értékelhető három ujjlenyomattal, de egyik sem szerepelt még a bűnügyi nyilvántartásban. Az elfogásánál levett ujjlenyomata azonban már egyezést mutatott vele és amint említettem, beismert mindent, sőt másik kettő támadását is, amiről mi nem tudtunk. Az egyiknél innen kétszáz kilométerrel messzebb, sikerült is befejeznie az erőszakot, de akkor szerencséjére megúszta. A letartóztatása után kirendelt ügyvédet és bírósági tárgyalást sem kért, ezért azonnali ítélettel hat év letöltendő börtönt kapott, három év közügyektől eltiltással. Gondolkodás nélkül elfogadta ezt, ezért rövidesen elszállítják tőlünk.

– Tibor! Nekem ez a mindenbe beleegyező viselkedése azt sugallja, mintha megkönnyebbült volna azért, hogy elfogtátok. Milyen korú az elkövető? – kérdeztem.

– Mindent a kollégák elmondásából ismerek csak, mert annyira leköt ez a másik nagyszabású ügy, hogy nem volt időm ebbe mélyebben belevonódni. Jelenleg a másik bűnügy ad munkát nekem bőséggel! – magyarázkodott. – A kérdésedre válaszolva, talán negyven körüli lehet a fickó, de nem is tudom, miért mondom ezt, de lehetséges, hogy egyik kollégámtól hallottam, amikor ők beszélgettek róla.

– Mit gondolsz találkozhatnék vele, amíg nálatok van és talán adna nekem interjút?

– Nézd Kira, már megkapta az ítéletét és fellebbezni sem fog. Megpróbálom neked elintézni, de a beszélgetésetekre neki is igent kell mondania. Ugye, azért mentegetni nem fogod ezt a bűnözőt, ha majd írni fogsz róla!?

– Hidd el én sem felmenteni akarom őt, csak érdekel a motivációja, hogy miért tudott kivetkőzni emberi mivoltából, hogy ilyen beteges módon szerezzen örömet magának. Meglátom majd, ha beszélek vele, mert reklámot én sem szeretnék csinálni neki! Lehetséges, hogy fel sem fogom használni, amit majd hallok tőle – ígértem. Szívesen felkeresném a kutya gazdáját is, ha kaphatnék ehhez a lehetőséghez elérhetőséget.

– Rendben van Kira! Mielőtt elindulok holnap délelőtt még van néhány elintéznivalóm itt a rendőrségen. Megpróbálok addig minden kérésednek utánajárni.

– Köszönöm Tibor a segítségedet és hogy szóltál nekem! Ma péntek van, ha mielőbb választ kapok a felvetett kérdéseimre, akkor hétvégén megírom a cikket. Ígérem, ha így alakulna, akkor legelőször neked fogom elküldeni átolvasásra – biztosítottam efelől.

A bűnöző elfogásáról hallott beszámoló mindkét arcélemen azt a furcsa zsibbadást okozta a fülemtől lefelé az állkapcsomig, amit akkor éltem meg először, amikor egy váratlanul elém kanyarodó sofőr hajszál híján balesetbe sodort. Az utána percekig tartó ijedségem és a félelemből gyökerező érzés okozta a zsibbadást.

Enikő telefonszámához már nem volt szükségem a mobiltelefonom listájára, mert jól emlékszem az évek alatt sokszor hívott számsorra. Hívásomra a „hívott fél jelenleg nem elérhető" gépi szöveg válaszolt, ami a rossz érzésemet még tovább fokozta. Kikerestem a Lendvay iskola telefonszámát, de a tanári szobában már senki nem tartózkodott a délutánra való tekintettel. Az iskola portásának pedig sejtelme sem volt arról, hogy melyik tanár van még esetleg ott a munkahelyén. A szavaiból azt vettem ki, hogy egyébként sem ismerte a tanárokat úgy, hogy a segítségemre lehetett volna. Ismét megpróbáltam Enikőt elérni abban reménykedve, hogy talán a gyenge térerő az oka, amiért nem veszi fel, de a hang változatlanul ugyanazt ismételte meg „a hívott fél jelenleg nem elérhető".

Miért tört rám ez a pánik ilyen erővel? – kérdeztem hangosan magamtól. – Hülyeség! Az egész, úgy ahogy van, csak hülyeség! – nyugtattam magamat – Biztosan csak a túlfejlett fantáziám űz gúnyt velem, hogy rémeket látok már azonnal!

– Kira, te magadban beszélsz? – kérdezte a Főnök, aki a nyitott ajtón kopogás nélkül lépett be hozzám.

Nem akartam az éppen a megállíthatatlanul elszabadult elképzelésemet rázúdítani, ezért válasz nélkül hagytam a kérdését. A lefagyott arcom látványa miatt ő azonban nem hagyta abba a kérdezősködést.

– Kirácska mondd meg kérlek, ha valami bajod van! Teljesen elfehéredtél! Segítsek neked valamiben!?

Elvétve szokott így becézgetve szólítani, amitől mindig olyan érzésem támad, mintha a gyerekéhez beszélne és ezzel akarná őt megnyugtatni. Szerettem ezt, de nekem most ez sem segíthetett. A pániktól már egyre fokozódó fizikai rosszullét is elfogott.

– Nincs semmi bajom Főnök, ne aggódj miattam! – nem túl hitelesen nyögtem ki – Azt hiszem, egyszerűen csak valamitől rosszul lettem. Lehetséges, hogy a mai evés helyett csak a kávét meginni, kevésnek bizonyult. Most beszéltem a rendőr barátommal – tértem rá másik témára – aki elmesélte, hogy milyen izgalmas módon kapták el a lányokat bántalmazó férfit és lehet, hogy ennek hatását látod most rajtam. Majd elmondom az egész történetet neked, de azzal tudnál nekem segíteni, ha most hazamehetnék. Őszintén szólva, attól is ideges vagyok, hogy otthon hagytam a telefonomat és biztosan sokan kerestek már azon is. Nem akarom, hogy bárki aggódjon miattam, ha nem tud elérni.

– Nem kell ezt kérned sem, menj csak haza nyugodtan! Feküdj le és ma ha lehet pihenj sokat! Igazság szerint már hetek óta fáradtabbnak láttalak téged a szokásosnál, csak nem akartam szólni erről neked. „Na, még csak ez hiányzott nekem most!" – gondoltam, mert a Főnök eszembe juttatta az elmúlt hetekben érzett kudarcomat, amit a Bendegúzzal történt találkozásom óta folyamatosan megélek. Ennek a kínzó keservét láthatta ő naponta rajtam. Erőtlennek érzett állapotomban még ahhoz is össze kellett szednem magam, hogy felálljak az íróasztaltól. Hasonlított ez az állapotom ahhoz, amikor betegséget követően, több hetes fekvés után próbáltam kikászálódni az ágyból. Tisztában vagyok azzal, hogy miért is történik ez éppen most velem. A kutyák jó szaglása eszembe juttatta a liftben megtámadott kislány vegyszerszagra utaló mondatát és Enikő szégyenkező arcát is láttam magam előtt, amikor a tanítványa apjának jellegzetes szagáról tett említést. A rémület teljesen fogságába ejtette az elmémet, mert úgy éreztem képtelen vagyok egy épértelmű gondolatot is összerakni magamban.

Tizedik fejezet

A gyerekek zsibongásával egybekötött reggeli iskolai hangzavart semmilyen más zajforrással nem lehet összehasonlítani. A tanárok, elsősorban csak a bevett megszokásuk miatt, időnként erősebb hangerővel kiáltják el magukat – „Gyerekek, lehetne egy kicsit csendesebben?!" – ugyanakkor ezeket a figyelmeztetéseket, lehetetlen próbálkozásnak tartotta mindenki. A hét óra óta felügyelő pedagógus alig várta már, hogy a becsöngetés után mehessen végre az osztályába tanítani. Ma különösen terhelőnek érezte ezt a ráruházott feladatot, mert nem is neki kellett volna ebben a reggeli káoszban rendet teremtenie. Az igazgató szólt, hogy az első óra előtti szünetben helyettesítsen egy kolléganőt, aki egy gyermekvédelmi feladattal kapcsolatos egyeztetés miatt megy az irodájába.

Két tanárnő foglalt helyet az igazgató íróasztalával szembeni székeken. A gyermekvédelmi felelősnek délelőtt egy tiszántúli városba kellett volna mennie, de percekkel ezelőtt betelefonált, hogy eltörött óvodába menet a kisfia csuklója. Nem tud elutazni és ma otthon marad a gyerekkel, akire jövő héten már a nagyszülők vigyáznak. Emiatt a hír miatt volt most ott vezetői megbeszélésen az iskola két ötödikes osztályfőnöke. A kisgyereke balesete miatt otthon maradt harmadik ötödikes osztály tanára, a tegnapi napon, már más témában átküzdötte magát az igazgatóval történt tanácskozáson. Minden egyeztetést megnehezített a vezető merev személyisége, különösen abban az esetben, ha a számára kényes témában kellett döntést hoznia. Kevés ideje volt már vissza a nyugdíjazásáig és mindenáron botrányos körülmények nélkül szeretett volna távozni. Ráadásul kitüntetésre és pénzjutalomra számított a ledolgozott évei után.

A szobájában levő két tanárnő kíváncsian várta, hogy vajon miért hívatta be őket reggel az órák előtt az iskola vezetője.

– Kolleginák – kezdett megszokottan, ahogyan az itt dolgozó nőket, beosztásuktól függetlenül szólítani szokta –, ma reggel telefonon értesített Nagy Istvánné gyermekvédelmi felelősünk, hogy a fia eltörte a kezét. Ez baj, mert el kellett volna ma indulnia a két napig tartó gyermekvédelemmel foglalkozó képzésre. A részvételi díját már befizettük és egyébként is kötelező képviselni valakinek az iskolánkat. Nos kolleginák! – nyomatékosan hangsúlyozta a megszólítást.

Maguk ketten és a hiányzó kolléganőjük is ötödikes osztályfőnökök, jól ismerik egymást a hasonló korú diákjaik miatt és úgy tudom, ezért szorosabb kapcsolatban állnak egymással – várt egy kicsit, majd folytatta – ennek ismeretében kettejük közül, valamelyiküknek el kell mennie a képzésre, ami délelőtt tíz órakor kezdődik.

Enikőnek nem volt kérdéses az, hogy most ezt neki kell bevállalnia. A mellette ülő osztályfőnöknek nincs autója és a családjáról is muszáj gondoskodnia. Nem utazhat el úgy, ilyen hirtelen.

– Megoldom és elmegyek én szívesen igazgató úr! – szólalt meg és hallotta, ahogyan a mellette ülőből hangos, megkönnyebbült sóhaj szakad fel.

– Rendben! – hangzott el a „köszönöm" helyett az igazgató válasza – A másik dolog, amelyről Nagy Istvánné Zsókával – „Hihetetlen, de kimondta a keresztnevét is", gondolta egymástól függetlenül a két nő – tegnap hosszasan beszéltünk az ötödikes gyerekek között elhangzott beszélgetésről. Ennek valóságtartalmát kötelességünk lesz kideríteni. Az engedélyemmel tegnap Nagyné felhívta az illetékességben hozzánk tartozó pszichológust, aki ma délelőtt jön el az iskolánkba – újabb hatásszünettel zárta a mondatot –, de szülői engedély nélkül nincs joga senkinek tesztelni a diákjainkat! A rajztanárunk bevonásával, ezért kizárólag csak rajz készítésébe egyeztem bele! Különben az egész történet inkább a gyerekek fantáziájára vall, de akkor is utána kell járnunk, ha én nem is értek teljesen egyet ezzel – majd felállva jelezte felénk, hogy a megbeszélésnek itt vége van és mindenki mehet a maga dolgára.

Enikő még nem pakolta ki a tanításhoz hozott eszközeit, ezért az igazgatói irodából egyenesen haza indult, hogy becsomagoljon az útra. Igyekeznie kellett, hogy időben odaérjen, ezért hamar el is készült. Az autóban a bőröndjét az anyósülésre rakta, de amint beindította az autó motorját, a biztonsági öv bekapcsolására felhívó szaggatott sípolás figyelmeztette, hogy a bőröndöt a megtévesztő súlya miatt onnan muszáj lesz elpakolnia. Nem szállt ki, hanem átpréselte a táskát a két első ülés közötti részen, majd a hátsó ülésre dobta. Még egy hívással próbálkozott, de végül szöveges üzenetet küldött Kirának. Kimondottan erőfeszítésembe került, hogy elinduljak a munkahelyemről és hazamenjek. Reméltem, hogy az eltévelyedett feltételezéseim kizárólag felejthető, rossz rémálmokká válnak rövidesen. Otthon a szürke, barátságtalan idő hatására a lakásomat is idegennek és ridegnek találtam. Az előszobából már láttam a konyha pultján hagyott és a nem fogadott hívásokra utaló villogó jelzőfényt. Ritkán kapok szöveges üzenetet, ezért amint megláttam Enikő sms-ét, azonnal azt kezdtem olvasni, de le kellett ülnöm, mert szédülés kerülgetett.

„Kerestelek többször is ma reggel, de nem vetted fel a telefonodat. Váratlanul továbbképzésre megyek, ezt majd elmesélem. A múltkor kérdezted, hogy hallottam-e a gyerek zaklatós pletykáit. Ma az igazgatónk azt mondta, hogy ez valamelyik ötödikes osztályban történt. Eléggé megijesztett, de nem festeném az ördögöt a falra. Ma jön egy pszichológus! A képzés szombatig tart, de ott lakik a közelben egy rég látott rokonom, vasárnap elmegyek hozzá. Hétfőn majd beszélünk, mert nem leszek elérhető" írta és három mosolygós szívet biggyesztett oda az üzenete befejezéseként.

A leírt szöveg tartalma egyáltalán nem hatott ijesztően, de az én félelmemet mégsem sikerült eloszlatnia. Újból végiggondoltam az összes eddig ismert információt a támadó férfival kapcsolatban, de ezek után is a végeredmény változatlan rémülettel töltött el. Eszembe villant, hogy Borka mintha azt említette volna, hogy a Lévay iskolába ő jár ki pszichológusként. „Igen!! Így van! Emlékszem már pontosan!"

Azonnal beszélnem kell vele, döntöttem el. Tárcsáztam és közben hangosan ismételgettem „Borka, könyörgöm vedd fel!".

Körülbelül hárompercenként, nagyjából öt alkalommal hívtam őt, pedig jól tudom azt, hogy már az első hívás után keresne, ha észrevenné a hívásomat. „Igen, de az is előfordulhat, hogy rögtön zsebre teszi és nem nézi meg, hogy kereste-e valaki." győzködtem magamat. „Még egyszer, az utolsót talán meghallja!" és ezzel egyidejűleg beláttam, hogy ez teljes őrültség, mert muszáj várnom. Enni próbáltam, de pár falat után nem tudtam többet lenyomni a torkomon, így az evés helyett két pohár vizet döntöttem magamba.

A telefonomon beállított jellegzetes lágy dallam riasztott fel hirtelen, miután a nappalimban a kanapéra heveredtem. Kirohantam a konyhában hagyott készülékért, de a kijelzőjén az egyik ismerősöm neve volt látható. Képtelennek éreztem, hogy Borkán kívül bárkivel is szót váltsak és miután még kétszer szólalt meg a telefon, ezért inkább lenémítottam. A rezgést így is meghallom, ha majd Borka fog keresni. Visszadőltem a kanapéra és sejtelmem sincs arról, hogy elaludtam – e és Borka többször keresett már vagy csak ez az első alkalom.

Gyorsan akartam kézbe venni a készüléket a mellettem lévő dohányzó asztalról, de a kapkodó ügyetlen mozdulatom következtében azt egyenesen a fotel alá repítettem. Négykézlábra ereszkedve dühösen másztam oda a telefonomért és horgásztam ki az alacsony ülőalkalmatosság alól.

– Borka! – a szőnyegen ülve azt hiszem kétségbeesett hangon kiabáltam a nevét, miután felvettem.

– Kira! Te jó ég!? Mi történt veled?! Megrémítesz!!! Látom azt is, hogy milyen sokszor hívtál, amit nem hallottam, mert a másik szobában tanácskoztunk a kollégákkal.

– Kérlek Borka, legelőször csak egyetlenegy kérdésemre válaszoljál!

– Oké! – szúrta közbe Borka, most már ő is hallhatóan riadtan.

– Te voltál ma a Lendvay iskolában vizsgálni a gyerekeket?

– Igen, én! A rajztanárral rajzokat készíttettünk mind a három ötödikes osztályba járó gyerekek családjaikról.

– Nem kell mondanod, mert tudom az okát, hogy miért történt! Megnézted már, hogy mit rajzoltak a gyerekek? – kérdeztem – és láttál valamit, ami alátámasztja a gyerekektől hallottakat?! – szóltam közbe sürgetően.

– Sajnos igen, mert számomra az egyik rajz egyértelműnek tűnik és éppen erről beszéltünk a kollégákkal, amikor többször kerestél.

– Borka! Meg tudod mondani a felmerülő gyerek nevét?! Kérlek! Nagyon fontos lenne!

– Kira, tudom, hogy megoszthatnám veled, de a rajztanár csak a nevek kezdőbetűjét írta rá és azt, hogy a három ötödik osztály közül, melyikbe járnak a gyerekek. A rajzokra csak az osztályt megkülönböztető betű jelet írta fel.

– És melyik osztályba jár az, akinek gyanús a rajza? – mert gondoltam ezzel közelebb jutok annak kizárásához, hogy nem az Enikő osztályáról van szó.

– Sajnos, ezt sem tudom most megmondani neked. Odaadtam egy pszichológus kollégának a rajzokat, hogy nézze át, mert ő semmit nem tud az előzményekről, hogy miért készítettük ezeket a gyerekekkel. Ilyen súlyos feltételezésnél szükséges a független, külső kontroll és még ezt követően más egyéb is. Mivel ma péntek van, nem hiszem, hogy ő már megnézte volna, de nem is sürgethetem ezért. Nem vagyunk olyan szoros kapcsolatban és így is szívességet tesz most nekem ezzel a munkával.

– Köszönöm Borka! Értem és azt is tudom, hogy ki kell bírnom valahogyan, amíg mindent megtudunk! A Lendvay iskolában tanító barátnőm osztálya is érintett és neki volt már egy hasonlóan rossz élménye az előző iskolájában. Annyira megviselte őt az eset, hogy pszichológus segített neki abban, hogy ne vádolja önmagát az ott történtekért. Amitől még ijesztőbb számomra ez a helyzet, hogy az egyik egyedülálló apuka felkeltette az érdeklődését, ami végképpen nem is jellemző a barátnőmre. Ráadásul ma tudtam meg, hogy a fiatalokat megtámadó férfit elkapták. A rendőrkapitány nem találkozott vele, de úgy tudja negyven év körüli az elkövető. Az egésszel összefüggésben kialakult az én őrjítő gondolatom, amit képtelen vagyok egy pillanatra is kiverni a fejemből. Borka, remélem, hogy azt fogod mondani erre, hogy ez hülyeség!

– Kira, még nem egészen értelek, de ha egy kicsit segíthetek ezzel neked, akkor én is remélem, hogy a hülyeség megállapítása mellett fogok voksolni.

– A történeteket az köti össze – folytattam –, hogy először a liftben megtámadott gyerek mondta azt, hogy a támadójának valamilyen vegyszer szaga volt. Ezt követően Enikő, amikor mesélt a tanítványa apjáról, ő is a bőrének jellegzetes szagáról beszélt, ami ugyan nem érződött mindig, amikor találkozott vele. A férfi egyébként építési vállalkozóként kétkezi munkát is végez, ezért a jellegzetes szag a felhasznált anyagokkal egyértelműen kapcsolatba hozható lehet. Amit még el sem mondtam neked, hogy a támadót legutóbb, amikor egy fiatal nőnek esett neki, akkor a nő barátjának a kutyája fogta meg. Ez nagyon érdekes történet, de amikor a rendőr barátom a kutya szaglásáról beszélt, akkor valami, mintha összetört volna bennem. Elképzelni sem tudom, hogy a barátnőm fel tudja-e azt dolgozni, ha az én rémes történetem esetleg igaznak bizonyulna.

– Nem tudom Kira! Értem azt, hogy mire gondolsz, mert azok az összefüggések, amiket most hallottam, akár igazak is lehetnek, ezért azt, hogy hülyeség nem merném állítani erről az egészről. Nagyon remélem, hogy hétfőn valamit biztosra kiderítünk. Más megközelítéssel nézve, ahhoz az elméletedhez vagy inkább félelmedhez, miszerint egy ugyanazon emberről lenne szó, óriási véletlennek kellene lennie. Nem így gondolod?

– Talán igen, igazad lehet! De az élet olykor elég furcsa dolgokat tud produkálni, amitől reméljük most megkímél bennünket. Köszönöm, azért adtál egy kis reményt nekem! Az eddig eszembe se jutott, hogy a támadó elfogadta a tárgyalás nélkül, bírói döntéssel hozott büntetését. Ez is kicsit halványítja a kétségbeesett kuszaságot bennem. Holnap reggel még tudok beszélni a rendőrkapitánnyal, mert kértem, hogy segítsen engedélyeztetni, hogy készíthessek a támadóval egy interjút. Persze csak akkor, ha a férfi is beleegyezik ebbe. Tiszta hülye vagyok, mert ekkor már ki is derülhet rögtön, hogy az Enikő osztályába járó kislány apjának ehhez semmi köze sincs. Jó, akkor majd utólag, bocsánatot is kérek tőle magamban, ha így lesz és ez be is bizonyosodik.

– Hallom már a hangodon, hogy elmosolyodtál! – szólt nyugtatóan Borka.

– Látod, a múltkori beszélgetésünkön mondtam neked, hogy hozzád fordulok majd, ha pszichológusra lesz szükségem. Kit érdekel ilyenkor a rokoni szál, mert most is ki tudtál húzni a saját magam alatt ásott mély gödör legaljáról. Remélem, hogy hétfőig sokkal okosabb leszek. Hívlak, ha előbb megtudnék valamit, mint te! Köszönöm!

Tizenegyedik fejezet

Rettenetes éjszakám volt! A fejem őrületesen fájt, mintha egy dobosokból álló zenekar költözött volna bele és megállás nélkül, ritmusra verte volna az ütemet. Tam-ta-ta-tam-tam, ezt az állandósult lüktetést csak nagy erőfeszítések árán tudtam elviselni. Örökkévalóságként hatott rám az éjszakai sötétség, amitől a rémesnél is rémesebb gondolataim akaratomtól függetlenül törtek ismét felszínre. Hajnalodni kezdett már, amikor végre csillapodni kezdett a fájdalommal járó küzdelmem. Elaludtam, de az álmaim kíméletlenül ismételtették el velem a félelmeimet, ezért csuromvizesre izzadt pizsamában ébredtem fel. Szombat hét óra van, amikor más normális emberek ilyenkor még kényelmesen alszanak és élvezik a hétvégéjüket. Én, velük ellentétben, csigalassúságúnak élek meg minden percet, amíg nyolc órakor végre megkérdezhetem, hogy sikerült-e engedélyt kapnom a fogoly felkereséséhez. Később a zuhany némi felfrissülést jelentett, de a tükörbe jobb lett volna nem belenézni. Eszembe jutott Charlie számának az a sora, hogy „az, aki szép, az reggel is szép", de magamra tekintve ez közel sem mondható el. Aki valaha is szépnek látott, annak most megmutathatnám, mi az igaz „a reggel is szép" gondolat valóságában. A bevizezett kéztörlőmmel visszafeküdtem az ágyba és a hideg törölközőt duzzadt szemeimre pakoltam. Reménykedtem abban, hogy a felpuffadt szemem miután leapad, azután talán jobban fogok kinézni. A borongós hajnalt, napfényes reggel követte és a szobámba beragyogó fény rövidesen sokkal bizakodóbbá tette a hangulatomat.

Néhány perccel nyolc előtt kászálódtam ki az ágyamból és a hideg borogatás láthatóan jót tett, mert a szemem alatt megmaradt, de fele akkora püffedés már emberi kinézetűvé varázsolt.

Öt perccel nyolc óra után a Kécskei Tiborral történt gyors és rövid beszélgetésünkből kiderült, hogy ő már a reptér felé tart. Annyit tudott elintézni nekem, hogy hétfőn, pontosan nyolc órára kell odaérkeznem a fogdához, mert beleegyezést kaptam a fogolytól is egy vele készülő interjúra. A Bella kutya gazdájának elérhetőségét is lediktálta, majd én köszönésképpen jó utat és sok sikert kívántam neki a munkájához.

Ezen a szombaton végül pihentem és vasárnap szántam rá magamat arra, hogy elmenjek a Lovas étterembe, ahol Bendegúzzal találkoztunk. Magam sem tudom, hogy mit szerettem volna jobban ekkor, ha esetleg ott találom, vagy ha még véletlenül sem futunk össze. Mikor odaértem a gyönyörű környezetben többen lovagoltak a kialakított pályán és sokáig néztem, ahogy az állat és az ember milyen különlegesen szép harmóniát tud alkotni. Néhány lovas eközben az erdő felé indult túrázni, amiért én külön nagyon irigyeltem őket. Valamivel később már az erdei úton sétálgatva nyugalom árasztott el és el tudtam engedni a gyötrő lázálmaimat. Bendegúzra gondoltam és magam is meglepődtem azon, hogy már kevésbé fájdalmas, mint ahogy az előző hetekben azt éreztem. A csalódások megkeményítenek, de nem lehetek olyan, mint huszonévesen, hogy ne ismerjem el a saját hibámat. Bendegúzzal én hibáztam, mert prekoncepciót gyártottam anélkül, hogy végig hallgattam volna őt. Megmagyarázhatnám neki, de minek? Lehet, hogy az ő számára én csak egy lehetőségnek tűntem, semmi többnek, de a lelkem mélyén tudom, hogy valószínűleg nem ez lehet az igazság. Alig ismerem őt és mégis szinte az első perctől kezdve fontossá vált a számomra és ez az a felismerés, ami semmiképpen sem akar elmúlni. Keresni nem fogom őt! Megbántottam, neki van mit elnéznie nekem, ha érdeklem, de bízom abban, hogy lehetőségem lesz egyszer megmagyarázni, hogy miért bántottam meg. Fel sem tűnt milyen régóta sétálok az erdőben, mert a Nap lassan már a fák mögé bukott, amiből látszott, hogy alaposan elment az idő. Lovak patáinak koppanó zaját hallottam, ahogyan a hátam mögött közeledtek felém. Félreálltam az útjukból és miután a négy lovas ügetve lehagyott engem, azonnal vágtára váltottak, amelynek a látványa megerősítette azt az elhatározásomat, hogy mielőbb keressek magamnak lovaglási lehetőséget. „Idő kérdése csak és lovagolni fogok!" – mondtam ki hangosan.

Szürkületben értem vissza a parkolóhoz, amely nagy részben addigra kiürült, mert már csak az étterem vendégeinek az autói álltak ott. A hatalmas ablakon vágyakozva néztem be, láttam a vendégekkel teli asztalokat és a felszabadultan társalgó embereket. Újfent rám tört a szomorúság és szégyenérzetemet ismételten el kellett viselnem. A hangulatom hazaérve se változott semmit, mert újra és újra visszakanyarodtam Enikőhöz. Aggodalommal sürgettem volna az idő múlását, miközben attól is rettegtem, hogy előbb tudom meg a feltételezett valóságot.

Éjjel három óra volt már, amikor kikapcsoltam a Netflix egyik sorozatát, de az egész részt elölről kezdhetem majd, ha tudni szeretném, hogy mi is történt a filmben.

Az ébresztőt fél hétre állítottam be, hogy pontosan nyolc órakor a fogdához érjek. Reggel az első pillanatok kábulatában azt képzeltem, hogy minden, ami eddig gyötört csak álom volt és most fogok éppen felébredni. Sajnos mire magamhoz tértem, újból ott volt már a gombóc a torkomban. A tükörben látottak sem vidítottak fel, de most ez a látvány teljesen közömbös maradt a számomra. Zuhanyzás után tejeskávét készítettem, ami az édes keksszel együtt, meglepően jól esett. Visszagondolva, utólag jöttem rá, hogy alig ettem valamit az elmúlt két napban és ez lehetett az oka a jelenlegi étvágyamnak.

Sötétzöld nadrágomhoz, pasztell zöld felsőt húztam fel és fekete színű övet igazítottam a derekamra és megfelelőnek éreztem a helyzethez illő öltözékemhez a fekete cipőt és táskát is. Néhány perccel nyolc óra előtt már odaértem, ahol várt rám a kíséretemet biztosító rendőr. Olyan érzéssel mentem, mintha engem kísérnének a fogdába, azért, hogy bezárjanak. A rövid folyosóról egy másik hosszabb irányába kanyarodtunk, de csak cammogásnak éreztem, ahogyan szó nélkül lépdeltünk előre. Egy vasajtónál álltunk meg, amelyen a nyitható ablak kívülről volt zárható.

A kísérőm most szólt először hozzám:

– Sajnos csak a zárkában tud a fogollyal beszélgetni, mert nincs másik megfelelő helységünk erre a célra. Van két szék és egy kis asztal, ahol jegyzetelni tud majd, ha szeretné.

– Rendben lesz ez így nekem – igyekeztem úgy válaszolni, hogy ne lehessen érezni a hangomon a remegésemet –, mert diktafont fogok használni, ha a fogoly abba beleegyezik.

– Egy őr itt fog állni kicsit távolabb a folyosón és a cella ajtaját nyitva hagyjuk, az idő alatt amíg beszélget a rabbal. Amikor befejezték a beszélgetésüket, szóljon az őrnek, aki majd jön és bezárja a zárkát és utána lekíséri önt a portához – sorolta az instrukciókat, majd a „köszönömre" semmit nem reagálva megfordult és el is ment.

Az addigra odaérkező felügyelő már nyitotta is ki a zárkaajtót előttem, de mivel mögötte álltam, nem láttam rögtön be a helységbe. Az ájulás kerülgetett attól a gondolattól, hogy az Enikő tanítványának az apjával fogok találkozni anélkül, hogy tudnám ki is ő. Mivel nem mozdultam a kinyitott ajtó mellől, az őr kérdőn nézett rám, de megkérdezni nem merte, hogy miért ácsorgok ott, ha egyszer én akartam idejönni. Gépiesen léptem a cellába, ahol egyből láttam, hogy nem ő lehet az, akitől annyira tartottam. Nem negyven év körüli, hanem fiatal, húszas éveiben járó férfi állt vigyázzban, egészen addig, amíg az őr nem engedélyezte, hogy megmozduljon.

– Hölgyem! A folyóson állok, szóljon, ha bármire szüksége lenne – ezt láthatóan nem nekem, hanem inkább a fogolynak szánta figyelmeztetésképpen.

Lassan kezdtem visszanyerni a nyugalmamat és a kezemet nyújtottam, hogy bemutatkozzam. Egymással szemben, az agyonkoptatott és nem túl kényelmes székekre ültünk le. Egy ágyon, asztalon, a székeken és egy kis szekrényen kívül nem volt semmi a fogda helyiségében. A fal takarást biztosító baloldali beugró részénél volt a wc és a mosdó.

– Köszönöm, hogy vállalta ezt a beszélgetést – a szemébe nézve, nyitottam udvariasan a beszélgetésünket.

Tartva a szemkontaktust, nem vette el a tekintetét rólam úgy válaszolt, miközben én az arca rezdüléseit figyeltem, de monoton hangon, hangsúlyok nélkül ejtette ki a szavakat. Nem agressziót, hanem teljes közönyt láttam rajta és talán ennek következtében nem volt semmilyen arcmimikája. Ettől olyan látszatot keltett, mint akinek az arcán egy mindent eltakaró maszk lenne. Azt sem tudtam megállapítani, hogy szép vagy csúnya ez a fiatal arc, mert minden vonása, a tekintete, sőt az egész jelensége egyszerűen fogalmazva jellegtelenek tűnt. Amit az első mondatainál már nagyon furcsának találtam az a jelenségével össze nem illeszthető kimért udvariassága. Szerettem volna feloldani és élőbbé tenni a kommunikációnkat, ezért a letartóztatása óta eltelt napjairól és az ellátásáról kérdezgettem. Úgy beszélt velem, tisztelettel a hangjában, mintha csak egy nagykönyvből olvasná fel a mondatait. Az általános témákat követően rátértem arra, ami engem legjobban érdekelt, hogy ki is ő valójában?

– Mesélne valamit magáról nekem?

– Mit meséljek? Tudja jól, hogy mit tettem, amit be is vallottam és elfogadtam az ítéletemet – válaszolta.

– Nem azt szeretném hallani, hogy mit tett, hanem azt, hogy mit mesélne el magáról, hogy megismerhessem – próbáltam ezzel közelebb kerülni hozzá.

Ekkor láttam az első reakcióját, ami mintha kibillentette volna a közönyéből. Azt nem tudtam megítélni, hogy a kérdésem mit fog belőle kiváltani, de a feszült vonások kicsit engedtek a merevségükből, amikor megszólalt.

– Engem akar megismerni?! Ugye most csak viccel velem?! Magának és mindenkinek csak az a fontos, hogy egy gazemberrel kevesebb sétál már az utcán. Kit érdekel az, hogy ki vagyok én? A legnagyobb teljesítményem, amivel ismertté váltam az, hogy megtámadok lányokat, mert az jelenti számomra az örömet. Legyűröm őket és élvezem, ahogy szenvednek. Gyerekkoromban az állatokkal csináltam, de ez a lányokkal sokkal jobb lett! – hallgatott el.

Nem szóltam hozzá, de már teljes nyugalommal, érzelemmentesen tudtam figyelni rá. Arra gondoltam, hogy helyben vagyunk, anélkül, hogy észrevette volna, már magáról kezdett el mesélni és a szótlanságom segíthette, mert így folytatta:

– Látom, ahogy néz rám és azt várja, hogy beszéljek! – amire én fejbólintással válaszoltam – Na jó, ha már ennyire kíváncsi rám! És felőlem le is írhat rólam mindent!

Egyedül voltam gyerek, vagyis nincs testvérem. Ez úgy is igaz, hogy TÉNYLEG – nyomta meg ezt a szót – egyedül voltam, mindig egyedül! Nem azért, mert a szüleim nem voltak otthon, persze az is nemegyszer előfordult. Volt pénzünk, kaptam rendesen enni, jó ruháim voltak, amikor nagyobb lettem soha nem kellett zsebpénzt kérnem, anélkül is mindig kaptam. A szüleimnek nagyon fontos volt a látszat, hogy legyek mindig udvarias, öltözzek rendesen, rendszeresen mossam a hajamat és hasonlók. A tanárok az iskolában békén hagytak, észre sem vették, hogy ott vagyok vagy esetleg kihagyok egy-két órát. Nem verekedtem soha másokkal és az a fajta jó gyerek voltam, aki soha semmi rosszat nem tett – mélyet sóhajtott, majd tovább fűzte az életéről szóló gondolatait. – Nem voltak barátaim, mert őket sem érdekeltem, de igazából ők sem érdekeltek engem. Akkor lettem fontos, amikor már mindenhol én fizettem nekik, mert nekem pénzem az mindig volt! Máskor csak felejthető senki voltam, egy érdektelen, láthatatlan senki! – emelte fel kissé a hangját.

Néztem, ahogyan előbújnak az arca vonásai az érzelmei feltörésével egy időben, de továbbra is csak szinte mozdulatlanul hallgattam. Nagyon kényelmetlen volt így ülnöm, de féltem, hogy bármilyen kívülről jövő inger megzavarná és azzal ki is zökkentené a mondanivalójából.

– Amikor a gyerekek elmesélték az osztályban, hogy mit kaptak karácsonyra, én voltam a legirigyeltebb gyerek, mert mindig olyan ajándékokról számoltam be, amelyekről a többiek csak álmodhattak. Senki nem tudta, hogy ez nekem természetes és nem erre vágyom. Soha nem láttam a szüleim egymás iránti szeretetét, de olyan udvariasak voltak, mintha valami nemesi családból származnánk. Nálunk nem hangzott el csúnya beszéd, káromkodás, mintha csak egy filmben lennénk szereplők. Én sem tudtam kiváltani a szüleim érzelmeit – megint csönd lett néhány pillanatra – akkor gondoltam, hogy csinálnom kellene valamit, olyasmit, ami teljesen más, nem megszokott dolog. Akkor még annyira be voltam jónak idomítva, hogy nem tudtam még rosszalkodni sem. Szigorúan kellett csak rám nézni és én azonnal tudtam, hogy hol van a helyem. Egyszer aztán amikor véletlenül ráléptem a szomszéd macskájának a lábára, akkor éreztem azt a sikert, hogy hatással vagyok valakire, én, a senki. Nem könnyen, de rájöttem, hogyha bántok másokat, akkor azzal hatalmat gyakorolhatok felettük, majd tőlem akkor félnek és rám fognak figyelni – megint szünetet tartott. – Amikor távol egy másik városba, kollégiumba mentem, pénzt ugyanúgy küldtek a szüleim, de én egyre ritkábban mentem haza. Azt éreztem, hogy amikor otthon vagyok akkor muszáj bántanom valakit, ha mást nem, akkor egy állatot. Lehetett az egy pók vagy légy, aminek kitépkedtem a lábait. A szüleim soha semmit nem láttak rajtam, helyesebben engem sem láttak soha. A középiskola elvégzése után dolgozni kezdtem. Ja, majdnem elfelejtettem elmondani még azt – szakította meg saját maga történetét –, hogy volt egy barátnőm, akit mégis meg tudtam szeretni életemben először. Legalábbis azt hiszem! Talán így volt! Egészen addig tartott ez, amíg szexelni nem akart velem, mert egyszer elmentünk hozzájuk, amikor az ő szülei nem voltak otthon. Ő kezdeményezett, megölelt és simogatni kezdett, de én a gyengédségétől egyre idegesebbé váltam. A fokozódó dühömön nem tudtam uralkodni és szó szerint lelöktem magamról, aminek következtében ő a szőnyegre zuhant. Utólag jöttem rá arra, hogy ez volt az egész akkori együttlétünkből az, ami leginkább tetszett nekem. Kimondottan jó érzés volt azt látnom, ahogy a lány a földre esik! Soha többé nem találkoztunk, messzire elkerült engem. A szakmámban keveset kerestem volna, ezért több helyen segédmunkásként dolgoztam. Festékgyárban, – „ennek érezhette a kislány a szagát, amikor megtámadta őt", gondoltam – asztalosoknál, szemeteseknél. Bárhol! A többit meg úgyis tudja már! – nézett rám és láttam rajta, hogy keresi és várja az arcomon megjelenő reakcióimat.

Miután láthatóan befejezte a mondanivalóját, végre megmozdultam. Nem tudtam melyik érzésem hat rám legerősebben, a szánalom, a sajnálat vagy valami egészen más. Az egészen biztos, hogy ez a fiatal, elrontott életű férfi nem tudja, hogy ő még önmagát sem szerette soha Sok minden kiderült és azt reméltem, hogy válaszolni fog még a kérdéseimre is:

– A szüleiről azóta tud valamit? – kérdeztem. Nagyon tévesen megítélt, rossz kérdésem után az arca a groteszk megváltozott vonásoktól torzult el.

– Akkor maga nem értett meg semmit abból az egészből, amit magának elmondtam, ha ezt kérdezi tőlem! – majdnem kiabálta ezt úgy felém, hogy a szemeivel ölni tudott volna.

Hallottam, hogy az erősebb, felemelt hang következtében a várakozó őr elindult és közeledik a cellaajtóhoz.

– Sajnálom, mert tényleg nem volt jó kérdés ez tőlem. Az elmondottakból kell tudnom a választ, mert mindent megértettem abból, amiről beszélt – igazat adva mondtam neki csendesen. A tekintete és az arcvonásai visszarendeződtek olyanná, amilyennek a találkozásunk első pillanatában megláttam. Felkerült rá az a láthatatlan maszk és megértettem, hogy ezzel a részéről be is fejeztük, mert ő újból csak egy senki lett. Képtelen lettem volna azt mondani neki, hogy bocsánat, amit másnál ilyen esetben biztosan megteszek, ha értetlenkedve, meg nem értve őt a lelkébe taposok. Ugyanakkor nem menthettem fel azon a tettei miatt, amiket elkövetett. Mégis nagyon jól értettem azt a kiüresedett vagy mindig is üres sorstalanságot és kínt, amiért ő az emberi értékektől nagyon távol sodródó gonosszá vált. Nem vette senki észre azt, amikor gyerekként átformálódik és a színlelésével kibújik emberi mivoltából és már maga sem tudja, hogy ki is ő. Felnőttként másokat tart senkinek, nem érdekli, hogy mit éreznek azok, akiket bánt. Úgy néz más embereket jelentéktelennek, ahogyan ezt vele tették korábban. Hazugság az egész élete, de az hazudik legkönnyebben, aki nagyon és sokszor fél.

Elfordult tőlem, majd még egyszer visszanézett rám és annyit mondott:

– Írjon meg bármit rólam, mert egy kicsit sem érdekel ez az egész! – felállt a székéről és hátat fordítva érzékeltette, nincs több mondanivalója és menjek el minél előbb.

Utólag jutott csak eszembe, hogy amikor eljöttem tőle, a „viszontlátásra", helyett a „minden jót" köszönésként, szerencsésebb változat lett volna.

Elfelejtettem szólni a szerkesztőségben, hogy ma később fogok csak bemenni. Odafelé menet már eldöntöttem, hogy ebből nem lesz újságcikk, mert az erőszak témáról tervezett könyvemben fogok majd bővebben írni róla. A pityegés, Antal üzenetét mutatta, amelyben azt írta, hogy menjek el a Városi Bíróságra, ahol ma a középiskolás fiatalok ügyét tárgyalják. Ismertem a történetet a négy jómódban élő, értelmiségi családból származó fiúról. Szórakozásból támadták meg az utcán és a parkokban sétáló embereket. A telefonálók kezéből kitépték a mobiljukat vagy sportot űztek abból, hogy négyük közül ki hajtja végre a legvagányabb rablást. A lopott holmit az iskola közelében, használt cikkeket árusító üzletbe vitték és ott fillérekért adták el. Szerencsétlenségükre az egyik megvásárolt okostelefonra letöltött program lebuktatta a lopott holmikkal üzletelő kereskedőt. Így jutottak el aztán a fiatalokhoz is. Az ügyüket súlyosbítja annak az idős asszonynak a sérülése, aki combnyaktörést szenvedett, miután elesett, amikor a táskáját tépték ki a kezéből. Mindegyik fiút saját ügyvédje képviseli, mert a vallomásaikban egymást vádolva, ellentmondtak egymásnak. A mai elsőfokú ítélet után teljes bizonyossággal, mind a négyen fellebbezni fognak. Az újabb pityegéssel érkezett üzenetben a főszerkesztő helyettes azt írta:

„Délutánra, ugye nincs külső helyszíned Kirus?! Ma tartjuk a László névnapokat! Hoztam házi krémest, ami rád is vár!"

Reggel óta motoszkált már a fejemben az, hogy valamit mintha elfelejtettem volna. Az üzenet megvilágosította bennem, hogy ez a valami mindkét László nevű főnököm névnapja.

A Bíróság a város északi negyedében lévő családi házas övezetben van, ahol a meredek, hegyre futó úton, a legnagyobb problémát a szűkre szabott parkolási lehetőség okozza. Az épület tervezésénél csak a dolgozók autóit vették számításba, ezért a bíróságra érkezők minden esetben a környék kis utcáit foglalják el az autóikkal. Annak van szerencséje, aki akkor érkezik, amikor valaki éppen elhagyja a Bíróság belső, udvari parkolóját. Másokhoz hasonlóan nekem sem sikerült most sem közel leparkolni az épülethez. Jóval tovább kellett mennem, mire egy zsákutcában találtam végre szabad helyet. Közel volt a tárgyalás kezdésének időpontja, ezért a vékony selyemkendőmet már kapkodva nyomkodtam bele a táskámba.

Futó lépésben igyekeztem lefelé a lejtős úton, sűrűn kerülgetve a szembejövőket, amikor hallottam, hogy valaki utánam kiált: „Hölgyem! Leejtette a sálját!" Megfordultam, amikor egy idősebb nő, éppen felemelte a leesett kendőmet, amiért néhány lépéssel vissza kellett mennem hozzá. Megköszöntem, mert nagyon sajnálnám, ha elveszik, az anya két évvel ezelőtti karácsonyi ajándéka. Visszagyömöszöltem a sálat és behúztam a táskám zipzárját. Ez a kétpercnyi idő mentett meg attól, hogy a Bíróságról előttem kifelé érkező Bendegúzba bele ne botoljak. Ő is gyalogosan ment, de szerencsére nem felém, hanem az ellenkező irányba.

Az utolsó pillanatban léptem be a tárgyalóterembe, ahol meglepően nagy létszámban voltak az érdeklődők. Az elkövető gyerekek szülei beleegyeztek a nyílt tárgyalásba, azzal a feltétellel, hogy a teljes nevek és a fiúk arcai se legyenek azonosíthatóak. A sorok között felismertem a bulvársajtó képviselőit is, akiknek érdekes témát adott a gazdag, elkényeztetett gyerekek bűnügye. Beugrott egy villanásnyira a fogdában hallott történet, amit a támadótól a szüleiről hallgattam végig.

A tárgyaláson az ismerteken kívül már új információk nem kerültek napvilágra, de az ügyvédek egymásra licitálva próbálták saját védencüket tisztára mosni.

Minden erőfeszítésem ellenére sem sikerült odafigyelni az elhangzó beszédre, mert az érkezésem előtti élményem, Bendegúz látványa, megállás nélkül kattogott a fejemben. Legszívesebben odakiabáltam volna neki, hogy „szia Bendegúz, itt vagyok!", de ehhez én meglehetősen gyáva vagyok. A fájdalomtól félek, amit az okozna, ha a kiáltásomra visszafordulna és intene, majd egyszerűen továbbállna. Ennek a szituációnak, még a gondolatától is kiver a víz.

A teremben az ügyvédek hozzászólása és a tárgyalás összegzése következett. A végén elhangzó büntetési tételekre, ahogyan az várható volt, azonnal reagáltak az ügyvédek és természetesen mind a négyen fellebbeztek. A gyerekek ezt követően odamentek a szüleikhez és jó volt azt látni, hogy a történtek után is a felnőttek bíztatóan ölelik meg a gyerekeiket.

A tárgyalóteremből kifelé az utolsó érdeklődőkhöz tartozó csoporttal mentem végig a folyosón, ahol többen tárgyalásra várakoztak. Érdekes látványt nyújtott az a hasonlóság, amit az ügyvéd és ügyfeleinek kis csoportosulása nyújtott. Az ügyvédek talárban, egyenes háttal, időnként jobbra balra pillantgattak, mialatt a velük szembenálló emberekhez beszéltek, míg az ügyfelek kicsit előredőlt testtartással, semerre nem nézve, feszült figyelemmel hallgatták az ügyvédjük minden szavát.

Ragyogó napsütésben sétáltam vissza a zsákutcába, ahol leparkoltam. Az utcában élők közül többen a házuk előtt hagyták a járműveiket, aminek következtében ügyeskedve tudtam csak megfordulni. Jó, hogy Antal még időben emlékeztetett a László névnapra, mert visszafelé útba esik a kedvenc üzletem, ahol minden esetben, bárkinek találok megfelelő ajándékot.

Borka és Enikő sem keresett idáig, de már nem voltam olyan feldúlt, mert abban is reménykedtem, hogy az iskolai dolog talán nem is lesz annyira komoly.

Már a lap szerkesztősége elé érve láttam, hogy újságírók kisebb csoportja jön szembe velem, elvegyülve közöttük néhány kollégám is. Valószínűleg most fejezték be az újságíró klubban rendszeresített traccspartijukat. A klub a sok évvel ezelőtti élményemet gyakran eszembe szokta juttatni és ma is jókat mosolygok rajta. Jókedvűen jöttek lefelé és egymást túlkiabálva próbálták érvényre juttatni a saját véleményüket az éppen aktuális témájukról. Örömmel üdvözöltek amikor megláttak, hogy rájuk várakozom és az ismerős újságírók nem hagyták ki, hogy néhány bókkal megszórjanak és megölelgessenek, miközben éreztem, hogy a kora délutáni sörözgetés alaposan rásegített a jó hangulatukra. Egyszerűen lehetetlen volt számomra, hogy ne szeressem ezt a bohém társaságot. Mindegyikük vérében van egy csepp magamutogatás a szó jó értelmében, keverve sok extrovertáltsággal, amiért valószínűséggel ezt a szakmát választották.

A legnagyobb irodában az asszisztensek segítettek megteríteni két összetolt asztalt. Idejét sem tudom, mióta volt az a szokás, hogy az ünnepelt ajándékát mindig a saját íróasztalára helyezzük el. Az ünneplés végén, amikor már kikerülhetetlenül a munkáról kezd folyni a beszélgetés, azért, hogy megelőzzük a politikán kirobbanó vitákat, az ünnepelt bontogatni kezdi az ajándékait. Jól ismerjük egymást, legtöbben évtizedek óta itt dolgozunk, de az ilyen alkalmak mindannyiunk számára feltöltődést jelentenek. Lassan kezdtünk szétszéledni, amikor a nadrágom zsebéből kihallatszott a telefonra hívóhangként letöltött kellemes dallam. Mielőtt a többieket otthagytam, megöleltem még egyszer az ünnepelteket.

A folyosón le-föl sétálgatva beszéltem Enikővel, akinek csak pár szó erejéig volt rám ideje. Gyorsan csak annyit mondott el, hogy jól érezte magát vidéken és minden rendben van körülötte. Jókedvűnek hallottam a hangját, ami rám is kimondottan jó hatást gyakorolt. Időm sem volt elmondani neki, hogy az unokatestvérem volt náluk pszichológusként az iskolában. Még a délelőtt folyamán hagytam üzenetet Borkának is, hogy fölösleges volt a félelmem és hívjon akkor, ha már tud valamit a kollégája elvégzett vizsgálati eredményéről.

A napi történésekről részletesen beszámoltam a Főnöknek a támadóról és a bíróságon hallottakról is. A Főnök megjegyezte, hogy látszik ma már mennyivel pihentebb vagyok, mint amilyen pénteken voltam. Erre azt szerettem volna válaszolni neki, bárcsak így érezném én is ezt, de csak annyit reagáltam az elhangzottakra, hogy „minden csak viszonyítás kérdése." Rákérdeztem, hogy vele minden rendben van-e, jól érzi-e magát, amire természetesen az volt a válasza, hogy „nem is lehetne jobban".

Hazaérkezésemkor a legjobb ötletnek azt tűnt, hogy elmenjek a közeli fitneszszalonba. Évek óta a zumba szerelmese vagyok és egy óra csodát képes művelni velem. Átöltöztem és rövidesen már a latin dallamok varázsa alatt táncoltam. Felfrissülve láttam a „még nem tudok semmit" rövid Borka üzenetet, de ez sem tudott jelenleg kizökkenteni a felszabadult, vidám hangulatomból.

Tizenkettedik fejezet

Este a hálószobámban nem húztam teljesen össze a sötétítő-függönyt, ezért a keskeny résen láthatóvá vált borongós reggelre ébredtem. A kitárt ablakon hirtelen beáradó hűvös levegőtől végigborzongtam. A szokásos narancslével nem csak a vércukorszintemet, de magamat is sikerült nagyjából helyrepofoznom. Bizakodtam, hogy talán Borka tévedett és a mai nap pontosabb információi a pszichológiai vizsgálatról nem lesznek mégsem riasztóak. Nagyon jól tudtam ugyanakkor, ismerve az unokatestvérem szakmai tudását, hogy ennek a valószínűségére nulla az esély.

Régebb óta megváltoztattam már azt a szokásomat, hogy legelőször a rádiót kapcsoljam be, hogy mielőbb értesüljek a napi hírekről. Ehelyett a megszokott reggeli rutinom manapság az, hogy kényelmesen befészkelem magamat a nappali kanapéjára és a telefonon lapozom végig a legfontosabb híreket. Nagyon szeretem a reggel csendjét, a mindennapi kihívások előtt.

Indulásra készen álltam, de a biztonság kedvéért leellenőriztem, hogy a telefonom bekerült-e a táskámba és azután még egyszer körbenéztem a lakásban is. A második emeletről rendszerint legyalogolok, de hazafelé már a lustaságom szokott a lift felé terelni. A földszinten udvariasan nyitotta ki előttem a bejárati kaput az idős szomszéd, aki a tacskója sétáltatása után érkezett éppen akkor haza. Vidám farkcsóválással üdvözölt a kutya, jól tudta, hogy minden találkozásunk simogatással szokott végződni.

Közvetlen a kapu előtt álló autóm anyósülésére dobtam a táskáimat, mialatt két szomszédom barátságosan integetett felém, amikor elmentek mellettem. Indítás! Semmi! Néma csend, semmilyen hangot nem adott ki a motor. „A francba!" – mondtam ki ingerülten. Teljesen lemerült az akkumulátor, amire egy ideje már számíthattam volna, mivel hidegebb időben, több alkalommal nehezebben indult el. Dühösen összeszedtem a napokkal ezelőtt vásárolt virágföld mellett a táskáimat is és teljes frusztráltsággal lifteztem vissza a lakáshoz.

Évek óta ugyanahhoz az autószerelőhöz szoktam vinni az autót, így hamar megoldást találtam és késő délutánra ígérte a szakember, hogy elhozza az új, feltöltött akkumulátort nekem. Az itthoni munkavégzésem sem jelent különösebb gondot, így nem kellett hosszú idő ahhoz, hogy belássam, hogy ez a mai kényszerbezártságom inkább örömet jelent.

Az iskolában éppen most a hívásomkor van a két tanóra közötti szünet, ezért sikerült beszélnem Enikővel, hogy tanítás után jöjjön el hozzám. Alighogy befejeztem a beszélgetést, Borka hívott.

– Szia Kira! Megvan a másik pszichológus véleménye, ami ebben az esetben sajnos egyezik az enyémmel. Nem száz százalékig tudható a rajzok elemzéséből, hogy az apa mit csinált, de az egészen bizonyos, hogy a kislány megijedt valamiért tőle.

– Borka, meg tudnád mondani a gyerek nevének a kezdőbetűit, akinél ez a gyanú felmerült? És azt is, hogy melyik osztályba jár? – kérdeztem reménykedve.

– K. A. a név monogramja és az ötödik a. osztályba jár. Mond ez neked valamit?

– Azt hiszem igen és egyáltalán nem jót jelent! Úgy emlékszem a barátnőm a Kárász nevet említette.

– Mindjárt megnézem még egyszer! – rövid szünet után válaszolt – Igen, de van a K.A. mellet még egy K. I. monogram is.

– Azt hiszem számomra jelenleg ez az utolsó remény, hogy a két „K" betűvel kezdődő név egyike nem az iskola kiemelten preferált apukájának a lányát jelenti. Függetlenül attól, hogy a gyerek szempontjából nézve bármelyikük is legyen az, ez akkor is borzasztó. Mit lehet most csinálni? – tettem fel a kérdést, de Borka nem válaszolt.

– Te mit tudsz a családról, ha mégis ez a kislány lenne érintett? – kérdezett vissza.

– Nem tudok sokat, csak annyit, hogy az apa egyedül neveli a két gyereket, talán ezt már említettem is neked, amikor a liftes zaklatóról beszéltünk. Ezen kívül, hogy mindenki el van ragadtatva a férfitől, akit nagyon jó szülőnek tartanak és mindig aktívan részt vesz az önkéntes iskolai munkákban. A lánya inkább zárkózott gyerek, de a nagyobbik nyolcadikos lányról azonban semmit nem tudok. Ami még érdekes, hogy az édesanyjuk, úgy tudom elég régen hagyta ott a családot. Az apa nagyon pozitív megítélésében még az is szerepet játszik, hogy két szülő szerepét képes hibátlanul ellátni. Ennyi, amit tudok! Erről a barátnőm mesélt nekem.

– Jó, hogy ezt elmondtad, mert a több információ segíthet. Mindjárt fel fogom hívni az iskola gyermekvédelmi felelősét, aki ma már remélhetőleg dolgozik, mert pénteken nem volt bent az iskolában. A gyámhatóságnak már jeleztünk az esetről. Ha a Kárász gyerekekről van szó, akkor átmenetileg egy befogadó családot kell majd keresni, de utánanézek, hogy mit tudhatunk az édesanyáról. Könnyen elképzelhető, hogy akkor vele kapcsolatosan sem úgy van minden, ahogy a férfi beállítja. Ma még feltétlenül hívni foglak!

Leroskadtam, miután a telefonálás közbeni le-föl mászkálást sikerült abbahagynom. Sejtelmem sincs, hogyha a Kárászról lesz szó, akkor ez milyen hatással lesz Enikőre és azt végképp nem tudom még, hogy ezt hogyan fogom elmondani neki. Lehetetlenek tűnt, hogy befejezzem a félbehagyott cikkem folytatását, mert már kétszer álltam neki, de egy épkézláb mondatot nem tudtam leírni és csak hibát hibára halmozok.

Nagyon gyorsan megjött az üzenet Borkától: „Nagyon sajnálom Kira, de Kárász Anett az érintett kislány neve. Estefelé hívlak!"

Miután elolvastam az üzenetét, teljesen lefagytam! Muszáj lesz kimennem a levegőre és sétálni egyet, hogy levezessem a feszültségemet!

Négyszer-ötször megkerültem a parkot, mire a mozgástól némi lazulást éreztem az egész testemben. Az zavart leginkább, hogy továbbra sincs elképzelésem, hogy miként fogok erről beszámolni Enikőnek.

Az egyik ház garázsához értem és arra gondoltam, hogy az ott kialakított zöldséges üzletben veszek valamit. Mindig a rendszeresen vásárlónak kijáró kedvességgel szoktak fogadni, de most a feszültség láthatóan kiülhetett az arcomra. A zöldséges a szokásával ellentétben nem kezdett beszélgetni velem, hanem folytatta a déligyümölcsök kipakolását a polcra. Eszembe ötlött, hogy Enikő kedvenc étele a lecsó, amit gyorsan meg is tudok főzni. Májusban a hozzávalók ára miatt ez csemegének számít, ezért remélem apró örömet szerzek vele majd. Otthon a kellemesen nyugtató zene mellett előkészítettem és feltettem főni az ételt. Győzködtem magamat, hogy bármennyire nem megy, muszáj nekilátnom ismét a munkának ahhoz, hogy a végére érjek. Máskor, ami könnyen szokott menni, most csak nagy nehézségek árán állt össze, nem túl nagy megelégedettségemre. A rám váró beszélgetésnek még a gondolatától is komoly félelem járta át minden porcikámat. Bízom abban, hogy az előre kiszámíthatóan bekövetkező rossz hangulat után, nem egyedül kell majd megennem, amit főztem.

Nem sokkal három óra után, megszólalt a kapucsengő, de Enikő helyett az autószerelőnek sikerült előbb hozzám megérkeznie, miután az egyik autót ebbe az irányba vitte el vizsgáztatni. Gyorsan kicserélte a lemerült akkumulátort az újra és utólag gondoltam, hogy szerencsére nem akkor jött, amikor Enikővel várhatóan majd a poklokat járjuk. Nem sokon múlott, hogy egyszerre érkezzenek, mert hamarosan már ismét nyitottam is a kaput. Öleléssel köszöntünk egymást a barátnőmmel, de láttam az erőltetett mosolyát. „Valamit már biztosan tud!" – futott át a gondolataimban. Önzőnek éreztem magamat, mert ettől kicsit könnyebbnek éreztem az előttem álló feladatot, hogy esetleg nem nekem kell a rossz hírt majd elmondanom.

– Gyere be – simítottam végig a karját a kezemmel. Lecsót főztem neked, mert tudom, hogy mennyire szereteted és talán ez is a kedvenced.

– Érzem az illatát – mondta az öröm legkisebb jele nélkül, amelyen egyáltalán nem ütköztem meg.

Leült és a szomorúságtól halk hangon, kérdések nélkül kezdett minden átmenet nélkül a mondanivalójába.

– Ma az első óra után odajött hozzám a Kárász Anita barátnője a B. osztályból, hogy szeretne valamit elmondani, mert az Anita nem meri elmondani senkinek, hogy az apukája furcsa dolgot csinált vele, azt, hogy időnként belenyúl a bugyijába. Láttam, hogy nagyon zavarban van a gyerek, így csak megköszöntem neki, hogy szólt. Elmondta azt is, hogy pénteken jött valaki és a rajztanárral közösen, rajzokat készíttettek – hallgatott el Enikő. – A pszichológus volt, amiről pénteken már említést tett az igazgató, mielőtt elutaztam. Felálltam és a tálcán többféle innivalót és poharakat hoztam be a szobába. Amikor a dohányzóasztalra tettem, szó nélkül oda nyúlt és töltött magának majd kérdezés nélkül nekem is. Az egész pohár ásványvizet egyhajtásra itta ki, mielőtt folytatta volna:

– Még fel sem ocsúdtam a kislánytól hallott információból, amikor odajött a gyermekvédelmi felelős kolléganőm, tudod, aki helyett elutaztam a képzésre. Hála isten ma már dolgozott – fűzte hozzá. – Hívott, hogy menjünk be az igazgatói irodába. Az igazgató hűvös kimértséggel hallgatta végig az én mondanivalómat, amit a gyerektől hallottam és utána a kolléganőm beszámolóját is. Ekkor értesülhettem arról, hogy a pszichológusok valóságosnak állapították meg azt a problémát, amiről a kislány beszélt – nézett rám a barátnőm.

– Enikő, nem tudom megfogalmazni, amit érzek! Annyira sajnálom a kislányt és együtt érzek veled is! Ugyanakkor, el kell mondanom valamit neked. Nem mondtam még, hogy a pszichológus az én unokatestvérem és most volt először a ti iskolátokban. Pénteken délután annyit tudtam meg csak tőle, hogy van egy problémát jelentő rajz. Azt nem tudta megmondani, hogy ki készítette. Átadta az összes rajzot, egy külsős kollégájának, hogy ő, információk ismerete nélkül véleményezze és hogy mit gondol a gyerekek munkáiról. A rajzokon kizárólag monogramok és az osztályokat megkülönböztető betűjelek voltak csak. Veled pénteken, amikor üzenetet hagytál, nem tudtam beszélni és tegnap is csak két szót váltottunk. Nem szerettem volna előtted semmit titokban tartani, annyit tudtam, hogy legkésőbb ma kiderül, hogy valós félelemmel állunk-e szemben. Délelőtt, miután én is megkaptam ezt az információt, azután hívtalak fel, hogy gyere el munka után hozzám – fejeztem be nagy megkönnyebbüléssel. Azt már nem említettem neki, hogy a liftes támadó személye is mekkora riadalmat keltett bennem a hasonló jellemzéseket követően.

Sejtelmem sincs, mennyi idő múlva szólalt meg újra Enikő. Láttam az arcán, hogy fel kell dolgoznia azt is, amit most tőlem hallott. Reméltem, hogy az évekre visszanyúló barátságunk hozzásegíti majd ahhoz, hogy elfogadja, amit mondtam. A szemembe nézett és úgy kérdezte meg:

– Kira! Elmondtad volna, amit te megtudtál, ha most én nem szólok erről?!

– Igen Enikő, ezért hívtalak! Egész idáig azon töprengtem, hogyan mondom majd el úgy, hogy minél kevesebb fájdalmat okozzak neked. Kínomban lementem az utcára sétálgatni, miután megtudtam, hogy a Kárász kislányról van szó, mert azt hittem, hogy szétrobbanok a bezártságtól. A zöldséges üzletben jutott eszembe a kedvenc ételed. Enyhíteni akartam azt az érzést, amit – úgy gondoltam – érezni fogsz, amikor elmondom neked, amit ma megtudtam.

– Örülök, hogy ezt mondod és tudom, hogy így is gondoltad. Azt hiszem, nagyon rosszul esne, ha nem mondtad volna el, hogy te már megtudtad, mert ismersz jól és meg is bízhatsz bennem. Megértem persze azt is, hogy a másik szakemberrel is korrektnek kell maradnod és ez nem függhet attól sem, hogy ő az unokatestvéred – az elhangzott mondataitól hatalmas kő esett le a szívemről. Kérdezés nélkül most én töltöttem meg a poharainkat és mindketten hallgattunk. Láttam rajta, hogy még van más mondanivalója is csak kérdezés helyett, időre van szüksége.

– Szeretnéd, hogy sétáljunk egyet a parkban? – törtem meg végül a hallgatásunkat.

– Nem, azt hiszem, most így sokkal jobb beszélgetni veled – nézett rám. – Tudod, megint az járt a fejemben, milyen félresikerült pedagógus vagyok én?! Már második alkalommal fordul elő, hogy nem veszem észre azt, hogy valami nem stimmel az egyik tanítványom körül.

– Ugye, ezt te most nem gondolod komolyan Enikő?! – határozott állítással néztem a szemébe – A kislány nem jár évek óta az osztályodba, most íratták be, ha jól emlékszem. Nem csak te tanítottad az elmúlt hónapokban, vagytok ott még néhányan tanárok. Azt se felejtsük el, hogy a tanártársaid szemében ő a „mintaapa", akit a szülői munkaközösség is örömmel választott be a tagjai közé.

– Az a másik szörnyű érzésem, hogy ő egy apa! Hogy is gondolhattam rá másként, még egy pillanatra is, mint egy szülőre. Mentségemre legyen mondva, rövid ideig tartott és hamar túljutottam rajta. A lakásom felújításáról szóló ajánlatát pedig régen, napokon belül visszautasítottam. Szentséges ég! Mi lett volna, ha belemegyek és ő dolgozik az otthonomban?! Ebbe még belegondolni sem merek!

– Enikő! Szapulhatod magadat egész álló nap és kitalálhatod azt is, hogy mi történt volna, ha...! Semmi nem történt! Remélhetőleg a kislánya is csak a saját rossz érzésétől ijedt meg jobban. Ennek ellenére, valami biztosan nincs rendben ezzel az emberrel, de időben történnek a dolgok, legalábbis, jelenleg úgy néz ki!

– Igazad van Kira! Olyan jó hallgatni téged, mert megnyugtat, amit gondolsz! – először mosolyodott végre rám.

– Látom azt, hogy lassan kezdenek már kisimulni a vonásaid! Mi lenne, ha ennénk egy kicsit? Mit szólsz hozzá?

Mindkettőnkre jó hatást gyakorolt az evés, így sokkal kevésbé feszült hangulatban ültünk vissza a nappaliba. Bekapcsoltam egy kellemesen, halkra állított zenét. A hangulatunk nem volt megfelelő arra még, hogy könnyedebb témákra váltsunk, ezért részletesen elmeséltem a fogolynál tett látogatásomat. Hosszan beszélgettünk a miértekről és a gyerekek kiszolgáltatottságáról is. Ugyanúgy gondolkodtunk arról, hogy a bántalmazók a gyerekek védtelenségével élnek vissza és általában tovább viszik ezzel saját elrontott életüket és a szenvedéseiket. Meséltem neki a bíróságon tapasztaltakról és az ott látott fiatalok és szüleik kapcsolatáról. Nem volt olyan kérdés, amit másként látnánk, vélhetően ezért lehet olyan régi a barátságunk. Enikő szép, okos és szuper pedagógus, még akkor is, ha pillanatnyilag ezt nem így érzi. Elmeséltem Bendegúzról is mindent és hogy mennyire elrontottam az egészet a tapintatlanságommal és sajnálom, mert régóta nem volt ilyen szimpatikus számomra senki. A könnyedebb témákra váltva, már jóval oldottabb hangulatban, ismét csak azok a nők lettünk, akik a férfiakról és párkapcsolatokról beszélgetnek.

– Történt még valami velem is Kira! – kezdett bele sejtelmesen. Eszembe juttatta ezzel a tegnap hallott hangját, amikor felhívtam és most egy pillanat alatt összeállt a kép a fejemben:

– Csak nem a hétvégén történt??? – néztem rá.

– Honnan jött ez a kérdés most neked? És miért gondolod? – úgy nézett rám, mint akinek elrontottam a meglepetését.

– Csak úgy tippeltem! – vágtam rá.

– Na ne, ezt azért nem hiszem el! Nem vagy te jósnő?!

– De lehet, hogy mégis az vagyok, mert a Főnök is valami ilyesmit mondott nem olyan régen – nevettem el magam. – Igazából tegnap olyannak hallottam a hangodat, amilyen már nagyon régen volt. A vidámság mellett volt benne valami más, egy kis plusz. Tudod, a hangsúlyaidban!

– Szóval – folytatta – pénteken üzentem neked, hogy helyettesítenem kell a már előre fizetett és kötelező részvételt egy továbbképzésen. Sokan voltunk ott, mert régiókra bontva tartják az ilyen fejtágítókat. Mindig szokásom az első sorok valamelyikébe ülni, ellentétben többekkel, akik hátulról kezdik feltölteni a széksorokat. Vannak olyanok, akik nem szeretnek elöl ülni, mert ha valaki éppen unalmasnak találja az előadást, akkor elkezdhet beszélgetni veled vagy másokkal. Elmondani sem tudom, hogy mennyire zavar az ilyenkor engem. Nem tudok odafigyelni, ráadásul pofátlanságnak is tartom. Nem gondolom azt, hogy minden előadó sziporkázóan szórakoztató, de felkészült, időt szánt arra, hogy elmondja nekünk amiért jött. Ezért – folytatta, mert látta a feszült kíváncsiságomat – az előbb elmondottak miatt mindig előre ülök, így tudok figyelni és nem zavarnak az unatkozók sem. A második előadás alatt feltűnt, hogy az előadó szinte végig hozzám beszélt, gondoltam, láthatja, hogy milyen érdeklődéssel csüngök a szavain.

– Na persze, biztosan ezt látta! – vágtam közbe nevetve.

Enikő is, most először, szívből nevette el magát.

– Jól gondolod! A szünetben együtt ebédeltünk az előadókkal és ő egyenesen odaült mellém. Láttam azt is, hogy mennyire igyekezett, nehogy valaki elfoglalja előle az asztalnál maradt egyetlen üres széket. Úgy beszélgettünk, mintha ezer éve ismernénk egymást. Este a szálloda halljában élő zene volt, ahova legtöbben el is mentünk és én nagyon régen éreztem ilyen szuper hangulatban magam! Rengeteget táncoltam, de a végén már csak Zoltánnal. Így érezhette magát a mesében Hamupipőke a bálon, amikor nem akarta, hogy éjfél legyen, mert akkor vége lesz a mulatságnak. Pontosan én is arra vágytam, hogy soha ne érjen véget akkor az este. Régóta elképzelni sem mertem már azt, hogy valaki ennyire hatással tud lenni rám. Amikor elköszöntünk egymástól, elkísért és elkérte a telefonszámomat, ugyanis ő másnap már nem volt ott a konferencián. Emlékszel, hogy írtam, hogy szombaton a közelbe lakó rokonomat látogatom meg. Nála voltam, amikor vasárnap délelőtt felhívott. Hazafelé jövet, útba esett a tőlünk húsz kilométerre levő kisváros, ahol Zoltánnal találkoztunk és késő estig beszélgettünk. Még most is hihetetlen számomra ez a találkozás – hallottam a boldog sóhaját. – Azt hiszem ez segít most engem abban, hogy sokkal nagyobb lelkierővel tudom kezelni az iskolában történt eseményeket.

– El sem tudom mondani Enikő, hogy mennyire örülök ennek a hírnek! Olyan jó volt most is hallani a hangodon a boldogságot.

– Nagyon aranyos vagy Kira és köszönöm az ebédet, meg mindent! Észrevetted már, hogy kilenc óra közelében járunk? El is indulok, szerencsémre nem busszal jöttem.

A bejárati ajtót zártam éppen, hogy lekísérjem őt a kapuig, amikor a nappaliban hagyott telefonomon az üzenet jelzését hallottam meg. Enikő megvárt, amíg visszamentem, hogy megnézzem, hogy ki üzent.

„A gyámhatóság ma elment a Kárász családhoz. A két kislányt ideiglenesen befogadó családhoz helyezik el, amíg a vizsgálatok befejeződnek. Aludj jól!" – olvastam fel hangosan Borka sorait.

– Azért még mindig abban reménykedem, hogy a kislánynak talán túl élénk volt a fantáziája – mondta reménytelenül, de mégis reményt táplálva magában, az üzenetben hallottakra Enikő.

– Én is szeretném ezt hinni! – válaszoltam jóval kevesebb bizakodással, mint a barátnőm.

Tizenharmadik fejezet

A másfél hete tartó, szinte nyáriasan meleg időjárást, szeles, hűvös idő váltotta fel. Ma újra a felhők uralták az eget, de a reményt meghagyva néha előbújt a Nap megszakítva a szürkeséget. A Kárász gyerekek már a befogadó családnál voltak és Enikővel azóta egyszer sikerült beszélnem, de akkor is sugárzott a hangja a boldogságtól. A munkámban azt tűnt fel, mintha szabadságra mentek volna a rossz dolgok és egyszerre változott volna meg a világ. Nagyon jó lenne ezt elhinni, de ez csak álom volt és hamarosan visszaérkeztek a gondolataim a realitás talajára.

Az elmúlt napokban Borkának szerencsésen sikerült felkutatnia a Kárász lányok édesanyját, akinek az otthonában a helyi gyermekjóléti szolgálat már környezettanulmányt készített. A ma délutánt beszéltük meg, hogy elmegyünk Borkával megismerkedni és többet megtudni a gyerekeit elhagyó szülőről. Előtte még a délelőtti programomban szerepelt egy állófogadással egybekötött, nagyszabású céges megnyitó. A város mellett egy újonnan létesített gyógyszercsomagoló Zrt.-hez tudósítóként voltam hivatalos. Sok ismerőssel találkoztam, olyanokkal is, akiket már évek óta nem láttam. Az új épület hatalmas ablakaival úgy nézett ki, mint egy üvegpalota. A fogadáson a mi újságunknak is dolgozó fotóriporter készítette a fényképeket, akivel ritkán szoktunk összefutni, ezért nagyon örültünk mindketten a találkozás alkalmának. Kértem, hogy küldje át nekem a képeit, a maiakat azokkal együtt, amelyeket legutóbb készített. Legjobban az emberekről készített portréit szeretem, mert a fotói olyanok, mintha egy egész történetbe engedne belepillantani. A természetről készített fotók közül a legkülönlegesebbnek azt láttam, amikor a hazai tavak élővilágát kapta lencsevégre és azon a vadludak szinte valóságosan szárnyalnak.

Kora délután, még a Borkával egyeztetett időpont előtti fennmaradó időben, elővettem a számítógépet, hogy megnézzem a fotós átküldött anyagát. A lenyűgöző képek ismét megerősítették, hogy elképesztően tehetséges, akinek a több tucat képe között rangsort állítani lehetetlenség lenne. Az egyik különösen szívbemarkoló képét hosszasan néztem, amikor a számítógépem képernyőjén felugró ablak félbeszakította a gondolataimat és ugyanolyan döbbent rácsodálkozással néztem, mint az előbb látott portrét. Nem akartam hinni a szememnek, mert Bendegúz e-mailje olyan érzést váltott ki, mintha váratlanul hideg vízzel öntöttek volna nyakon. Vártam egy ideig, mert egyszerűen féltem megnyitni. Nem tudom megfogalmazni, hogy mit érzek, hazudnék magamnak is, ha azt mondanám, hogy nem örülök, de talán éppen ezért, az elutasítástól való félelmem szorította össze erővel a torkomat. Meg kell néznem, mert mindjárt indulnom kell és Borka vár a munkahelyén – sarkaltam döntésre ezzel magamat.

„Kedves Kira!
Az elmúlt hetekben sokszor gondoltam a találkozásunkra, amelyen úgy tűnt, hogy mindketten jól éreztük magunkat. Nagyon sajnálom, hogy a búcsúzáskor már egyikünk számára sem volt ugyanolyan a helyzet, mint az elején. Idővel sikerült átgondolnom a mondatait és talán megértettem anélkül, hogy elmondhatta volna, miért reagált úgy. Örülnék, ha mégis tudnánk erről személyesen beszélgetni!
Szeretném meghívni ma este vacsorára, mert holnap egy hétre elutazom. Bocsánat, hogy az utolsó pillanatban szólok, de már nem akartam vagy nem tudtam várni addig, amíg hazajövök. Remélem Önnek is megfelel a ma esti időpont!
Üdvözlettel: Bendegúz
(már egy elvált férfi)"

Egymás után, többször elolvastam a levelét. Az első érzésem az volt, hogy fontos vagyok neki. Ez nagyon jó! Megértett engem!

Ez is nagyon jó! Találkozni akar velem. Nagyon jó! Miért fontos ez, az utazása előtt, ha eddig ráért neki? Ezt nem tudom! Mégis ezt, hogy gondolta? Félredobok mindent és rohanok, mert írt nekem?! Ez nem jó gondolat! A levele zárójelbe rakott mondata azonban, nagyon-nagyon jó!

És igen! Legszívesebben félredobnék mindent és azt mondanám, hogy „milyen szerencse, mert ma éppen nincs semmi dolgom" vagy inkább semmit nem mondanék csak boldogan rohannék. Sajnos azonban nem tudok menni, mert mindjárt indulunk a kislány édesanyjához vidékre, ahová az út nagyjából egy óra hosszúságú. Nem siethetünk onnan sem el, mert ez a beszélgetés nagyon fontos, a gyerekek jövőjére nézve. Akkor is elmennék, ha Borka azt mondaná, hogy ne menjek, hanem maradjak itthon nyugodtan, mert meg tudja ő oldani egyedül is. De, ha jól belegondolok, szeretnék még a találkozásunk előtt fodrászhoz is elmenni, függetlenül attól, hogy ma éppen ketten dicsérték meg a sokáig egyenesre szárított, de az utóbbi időben, göndör tincsekben hagyott frizurámat.

„Kedves Bendegúz!
Meglepetésként ért a levele, aminek szívből örülök.
Sajnálom, hogy a múltkor nem tudtunk már a kínos pillanatok után őszintén beszélgetni egymással, mert mindketten kikerültük azt a témát. Jó ötletnek tartom, hogy találkozzunk, de sajnos a mai nap ennek ellenére sem megoldható, mert vidékre kell mennem, egy régóta húzódó, nagyon fontos ügyben. Kérem, hogy hívjon fel vagy írjon, ha visszajött! Jó utat kívánok! Üdvözlettel: Kira"

Miután elküldtem akkor olvastam át a válaszomat, amit így utólag kimértnek és barátságtalannak tartottam. Nem tudom, hogy miért, de nem sikerült barátságosabban írnom, hiába érzem őt, legbelül sokkal közelebb magamhoz. Aki egyszer, helyesebben kétszer, már megégette magát, az óvatosabbá válik legközelebb, amikor a tűz közelébe kerül. Így vagyok ezzel én is.

A megbeszélt időhöz képest utolsó pillanatban értem a gyermekjóléti szolgálathoz, hogy felvegyem Borkát a munkahelyénél. Ismerem, hogy nem haragudott volna, ha kicsit késsek, de engem zavarna, ha mégis úgy alakul. Útközben, bőven akadt megbeszélnivalónk. Elmondtam, hogy Enikőnek szerencsére kisebb traumával járt csak, hogy ismét az egyik diákja került ilyen rettenetes helyzetbe. Meséltem Bendegúzról és a férfival kapcsolatos megéléseimről is, amelyeknek Borka nagyon örült és drukkolt a további lehetőségeinkért. Az elbeszélésemet követően tértünk rá a kevésbé örömet jelentő történetekre.

– Rátérve arra, amire még nem volt időm, hogy elmondjam és telefonon sem akartam beszélni ezekről a dolgokról – mondta Borka. A Kárász lányokat még aznap amikor írtam neked, átmenetileg elvitték egy ideiglenesen befogadó családhoz. Utólag tudtam meg azt, hogy a nagyobbik lány Alexa, aki tizenöt éves, komoly hisztit csapott, tiltakozva az ellen, hogy ő bárhova elmenjen. Nem tudom mit mondhattak a gyámügyes kollégák neki, de ő teljes mértékben az apja védelmére kelt. Ez egy kicsit gyengítheti azt, amit a húga állít, de egyelőre mindketten ott vannak még a családnál. Úgy tudom, hogy Alexa ősztől már kollégiumba fog menni, de szerintem addig is vissza akar majd menni az apjához. Mindkét gyerektől megkérdeztük, hogyha úgy alakulna, akkor mit szólnának, ha az édesanyjukhoz mehetnének. Anita nagyon örült ennek, de a nagyobbik lány ezt a lehetőséget is határozottan elutasította. Az édesanya otthonát, ahova most megyünk, a helyi gyermekjóléti szolgálat már felmérte és mindent rendben talált. A nő évek óta párkapcsolatban él és nem született több gyermeke. Azért éreztem fontosnak, hogy ma veled együtt elmenjünk – mondta –, mert neked nagyon jó rálátásod van arra, hogy észrevedd az apró, fontos részleteket. Én csak akkor tudom támogatni azt, hogy a kislány az anyukájához költözzön, ha saját szememmel láthatom, hogy az otthonuk rendezettsége mellett a gyerek neveléséhez is megfelel az asszony és a párja. Egyetértesz ebben velem? – kérdezte Borka.

– Tökéletesen így gondolom én is, ahogy azt most mondtad! – feleltem.

– Amikor a gyerekeket elvitték, az azt követő napon a megbeszéltek szerint vártam Sárit, tudod a Csirkés Sárit.

– Hű, de furcsa ez a név – nem állhattam meg szó nélkül, amikor meghallottam a lány nevét – lehet, hogy ez is az úgynevezett, „beszélő", foglalkozásra utaló nevekhez tartozik, mint a Kovács, Ács vagy Lakatos. Ennek ellenére biztos, hogy nem egyszer volt gúnyolódás tárgya ez a név szegény lánynak. Amikor Bendegúzzal találkoztunk, akkor az ő keresztnevével kapcsolatban beszélt arról, hogy a nevek is kiválthatnak ellenszenvet más emberekben. Sajnos nem emlékszem arra a latin mondásra, amit akkor ő megemlített nekem, ennek az állításnak az igazolásául – mondtam.

– Ne is mondd! Tökéletesen rátapintottál a lány egyik sérelmére, mert egyszer, amikor eljött hozzám, egész idő alatt csak a nevével kapcsolatos bántó megjegyzéseket, csúfolódásokat sorolta. Sajnos utólag már semmit nem lehet, de előtte is nehéz lenne bátorító szavakat mondani az ilyen helyzetekre, mert nem mondhatom neki azt, hogy majd lassan, de felnőttkorára biztosan könnyebb lesz. A családjáról azt már biztosan állíthatom, hogy a társadalom perifériájára szorult emberek közé tartoznak. Hallottad már Kira azt, hogy az igazság és igazságosság istennőjének, Justiciának azért van bekötve a szeme, hogy a kiszolgáltatottság látványa ne befolyásolhassa őt a döntéseinél? Egy amerikai pszichológus, nagyon találóan erre azt mondta „ez így igaz, de a szegényszagot bekötött szemmel is megérzi". A Klárához hasonló periférián élők nemegyszer kerülnek olyan helyzetbe, ahol az egyforma bánásmód még csak nem is létezik. Napokig tudnék neked erről mesélni, de inkább visszakanyarodva arra a napra, amikor a Sárinak kellett jönnie hozzám. Mindig pontosan érkezett, de ennél a legutóbbi alkalomnál a megbeszélt időt nem tartotta be és elkésett. Az asszisztens szólt, hogy egy férfi várakozik rám, de nincs vele időpont megbeszélve vele. Sári még nem érkezett meg, ezért nem küldtem el a férfit, mert úgy gondoltam legfeljebb megbeszélek egy másik alkalmat vele, ha több időre lenne szükségünk. Voltak már a szakmámban izgalmas és váratlan pillanataim, de mondhatom neked, hogy ez kivételesen az volt, amint a magas, átlagos külsejű, de elég erős izomzatú férfi benyitott hozzám. A bemutatkozásakor az első gondolatom az volt, hogy adott esetben, ha netalántán meg akarna ütni, akkor merre ugorjak majd el előle. Kárász Béla volt az, aki eljött hozzám másnap, miután a lányait elvitték tőle.

Miközben vezettem, láttam, hogy Borka még most is hatása alá került annak a pillanatnak, amiről éppen beszélt, de ezzel én sem voltam másként.

– Te jó ég! Mi történt utána?? – kérdeztem teljesen elhűlve.

– Hellyel kínáltam őt és azt reméltem, hogy nem veszi észre rajtam azt, hogy megijedtem. Ő leült és csendben nézett engem, amiért én ismét azt kezdtem latolgatni magamban, hogy pillanatok választanak el attól, hogy nekem essen vagy legjobb esetben csak leüvöltse a fejemet. Határozottan igyekeztem mondani, hogy tudom azt ki ő és miben tudok segíteni neki? Legelőször válasz helyett meglepő és fura módon azt mondta, hogy meleg van a szobámban és ő ettől nem érzi jól magát. A helyzethez igazán nem illő megjegyzést halk hangon, látszólag indulat nélkül folytatta. Kérte, hogy mondjak el mindent, amit tudok és hogy miért kellett elvinni tőle a lányait. Közben reménykedtem abban, hogy az iskolai jellemzés szerint nem őrült a férfi és a mondataim hatására se válik majd agresszívvé, de szerencsére nem ért semmilyen atrocitás. Sőt végighallgatott, nem tiltakozott, igazából úgy viselkedett, mintha nem is róla lenne szó. Nagyon szokatlan élmény volt az egész találkozás számomra ezzel az emberrel. Ránézésre és a viselkedése alapján semmi rosszat nem gondolnék róla, inkább a furcsa jelzővel illetném. Eszembe jutott az is, amit a barátnőd mondott a jellegzetes, néha érezhető szagról is. Szerintem csak enyhe festékszagot lehetett érezni, talán a ruháján, de maximálisan ápoltan érkezett. Amikor elment tőlem, az asszisztens szólt, hogy a terhes fiatal lány rögtön Kárász Béla után megérkezett. Nem akart várakozni, ezért azt üzente, hogy be fog jönni hozzám valamikor új időpontot egyeztetni.

Annyira lekötött Kárász váratlan megjelenése, a viselkedése és az a nagy semmi, amit maga után hagyott, hogy nem gondolkodtam el mélyebben azon, hogy a Sári aznap fölöslegesen jött el hozzám.

– Mit gondolsz te pszichológusként erről az emberről? – kérdeztem.

– Nem is tudom! Nagyon kevés az első benyomásom, hogy bátorságot érezzek ahhoz, hogy jellemezni tudjam. Abban azért egészen biztos vagyok, hogy ez az ember annyira gyáva, hogy a külvilág felé erősnek kell mutatkoznia. Olyan számomra, mint egy zsákbamacska, mert ha kihúzod és megismered, bármi lehet belőle. Azt sem tudom megítélni, hogy átgondoltan viselkedett vagy a látszólagos érdektelenségével azt akarta sugallni, hogy ez a vád akkora hülyeség, amivel egyáltalán nem érdemes foglalkoznia. Nagyon csúnyán fogom most kifejezni magamat és nem tudom ki mondta ezt így, de pont azt láttam rajta, hogy „ez a szar, le van szarva".

– Hű! Ilyet még nem hallottam tőled! – néztem rá csodálkozva.

– Ne is vedd ezt akkor pszichológiai elemzésnek! – nevette el magát.

Csendes, olyan igazi falusi látkép fogadott bennünket, amikor a falut jelző táblát elhagytuk. Néhány helyen még állt a lányos háznál a hagyományok szerint állított májusfa. Némelyiken alaposan nyomott hagyott az előző napon tomboló szél, amely irgalmatlanul megtépázta a rákötött hosszú, színes szalagokat. Velünk szemben, a virágzó fákkal szegélyezett utcán, két szürke öszvér húzott egy szénabálákkal púposra felpakolt szekeret. Sok házon nem volt, de az autóból egyébként sem láttuk jól a házszámokat. Kiszálltunk ezért és gyalogosan mentünk tovább, aminek következtében mindenfelől kutyák kezdtek ugatni minket, amint észrevették, hogy közeledünk feléjük. Az egyik ház előtti árokban kacsák csipegették békésen a frissen kizöldült füvet és egyáltalán nem zavarta őket, amikor elhaladtunk mellettük. Nagyjából százötven métert sétáltunk, amikor megláttuk a régi, felújított parasztházat, amelyen a keresett házszám látszott. Két kis zsalugáteres ablak nyílott az utca felé és a házzal párhuzamosan végig hosszú veranda futott a tartó oszlopokat összekötő boltívekkel. Még be sem csöngettünk, épphogy csak megálltunk a kapunál, amikor vékony női alak lépett ki a veranda középső oszlopa mellől. Amikor odaért és kinyitotta előttünk a kaput, akkor láttuk, hogy a kislányos alkat egy negyven év körüli nőt takar, csinos, de egyszerű ruhájában. Közelről lehetett csak észrevenni, hogy a korához képest jóval barázdáltabb már az arca. Kedvesen mutatta az utat befelé a házba, ahol a hozzá hasonló korú párja várt minket az előszoba közepén állva. Mindkettőjük zavarát próbáltuk feloldani azzal, hogy hol Borka, hol én beszéltem. Dicsértük a falut, a házukat és kérdezgettük őket az életük mindennapjairól. Lassan oldódott fel a feszültségük, de leginkább akkor, amikor az előre odakészített pogácsából ettünk és nem győztük mondogatni, hogy mennyire ízlik. Rövidesen Borka óvatosan kezdett rátérni arra, amiért eljöttünk és ettől kezdve már én csak csendben figyeltem őket.

Ilona arra a kérdésre, hogy mit tudna elmesélni a volt férjéről? Miért jött el otthonról és azóta miért nem látogatta meg a gyerekeket? – egyhangúan kezdett a valószínűleg már századszorra elmondott történetükbe.

– Tizennyolc éves múltam, amikor Bélát megismertem. Ő volt az első fiú az életemben. A szüleim nagyon korán meghaltak, ezért a nagyszüleim neveltek fel és elég szigorúan fogtak. Ez is lehetett az oka, hogy a volt férjem a felnőtt, szabad élet lehetőségét jelentette nekem, amikor találkoztunk, de nem is mertem az udvarlómról jó sokáig szólni otthon. Szövőnőnek tanultam, de a lehetőségek hiánya miatt soha nem dolgoztam a szakmámban. Voltam postás, takarító, ami éppen a faluban adódott. Amikor megismerkedtünk a volt férjemmel, éppen mezőgazdaságban idénymunkásként szüreteltünk. Soha nem késtem el, mindig időben értem haza. Féltem elmondani a nagyszüleimnek, hogy lett egy barátom. Béla gyakran eljött értem a telepre, de azt kértem tőle, hogy soha ne kísérjen el a házunkig. Jellemzően nem sokat beszélgettünk, mert ő annak idején még zárkózottabb volt, mint én. Leginkább a munka volt a közös témánk. Ritkán azért megdicsért, udvarolgatott és egy idő után megcsókolt. Egyszer aztán csúnyán lebuktunk, mert a nagyapám elindult valahová, de még az is lehet, hogy utánam akart leselkedni akkor. – most először kicsit elmosolyodott Ilona, majd folytatta – Nem tudom ezt, de éppen ölelkeztünk, amikor meglátott az utcán egy sarokkal odébb, ahol el szoktunk válni egymástól. Ebből aztán hatalmas perpatvar lett mindjárt ott az utca kellős közepén. Szégyellem még most ennek az emlékét is, mert a nagyapám ordibálva, minden útszélinek elhordott. Megszólalni sem mertem, mert nálunk nem volt szokás, hogy a gyerek, bármennyi idős legyen is, ellentmondjon a felnőtteknek. Máig sem értem, hogy történt az, de Béla akkor ott helyben megkérte a nagyapámtól a kezemet és én gondolkodás nélkül igent mondtam neki. Ettől a nagyapámat, mintha csak kicserélték volna. Behívott mindkettőnket a házunkba, ahol ő rögtön elújságolta a nagyanyámnak, aki a hír hallatán csak bólogatott minderre. A két férfi pálinkával koccintott, a nagymamám pedig azt mondta nekem, „hogy azért szólhattál volna lyányom". Ezek után minden felhajtást nélkülözve, egy hónappal később már össze is házasodtunk és az esküvő másnapján a közeli kisvárosba költöztünk albérletbe. Takarítói munkát kaptam, a férjem pedig kisiparosnál dolgozott festőként. Neki volt érettségije is, de nem ért vele semmit. Felnőtt lehettem végre, amire olyan nagyon vágytam, de hamar rá kellett jönnöm, hogy ugyanolyan boldogtalan maradtam, mint a házasságom előtt. Béla másként, mint a nagyszüleim, de hasonló zsarnokká vált. Mindenért kiabált velem, ha nem tetszett neki valami és mindig kevésnek találta a pénzt, amit hazavittem fizetéskor. Nyolc hónap múlva állapotos lettem Alexával. Ebben az időben valamivel jobb lett a kapcsolatunk, igaz, hogy az utolsó hónapig dolgoznom kellett, mert nem volt elég pénzünk. Igyekeztem mindent megcsinálni, csakhogy ne szidjon. Két héttel a szülés kiírt időpontja előtt, a férjem gondatlanságból elkövetett halálos balesetet okozott, amiért öt év börtönre ítélték. A cég, amelyiknél dolgoztam, több áruházban és irodában vállalt akkor takarítást. A munkaadóm és munkatársaim segítségével mentem kórházba és ők látogattak, amíg bent feküdtem a babával. Egyedül a gyerekkel sokkal nehezebbé vált az életem, ezért másik, olcsóbb albérletbe költöztünk, ahol lavórban fürödtünk és még a wc is az udvaron volt. Két munkatársammal barátnők lettünk és nekik köszönhetően tudtam megoldani az életünket, addig amíg Alexa bölcsődébe nem került. Közben, a börtönben a büntetését töltő férjem egyre kiállhatatlanabbá vált, mert egyfolytában követelőzött, hogy milyen dolgokat vigyek neki be. Három évvel később aztán a jó magaviseletéért közkegyelemmel szabadulhatott – hallgatott el Ilona. Most vettem csak észre, hogy a kezében tartott zsebkendőt folyamatosan gyűrögeti. Borka nem szólt semmit, majd Ilona megkérdezte:

– Elfelejtettem megkérdezni maguktól, hogy kérnek-e kávét?! – szinte egyszerre köszöntük meg és utasítottuk el a délutáni órákra való tekintettel. Ilona akkor ismét felemelte a pogácsás tálat és felénk nyújtotta. – Amikor a börtönből kiszabadult a férjem – mondta, miközben már a kezét is tördelni kezdte – az előzőeknél is elviselhetetlenebb lett minden. Nem ütött meg soha engem, de a szavai rettenetesen megalázóak voltak. Az sem kellett, hogy kiabáljon, mert folyamatosan sértegetett, senkinek, csak rongynak tartott. Más emberek felé viszont, ő volt a földre szállt angyal. Senki nem hitte volna el nekem azt, hogy ő egy farkas a bárány bőrébe bújva. A kislányunkat szerették, annak ellenére is, hogy sokat sírt, de sokszor dicsérték meg a bölcsődében a férjemet is. Azt mondogatták, hogy mennyire szerencsés vagyok, mert milyen áldott jó ember ő. A barátnőim tudták egyedül, hogy mi is az igazság és mi a valóságban hogyan élünk. Alexa már óvodába járt, amikor megszületett Anita is. Szerencsére őt is hamar felvették a bölcsődébe, így ismét hamar munkába állhattam, de az előző munkáltatóm eközben eladta a takarító vállalatát és az új tulajdonos a két barátnőmet létszámleépítés miatt elküldte. Teljesen magamra maradtam a munkahelyemen is. Az új főnök egy percnyi időre sem engedett pihenni minket és az elbocsátott emberek munkáját is azok végezték el, akik ott maradhattak. Otthon a férjem folyamatosan kínzott azzal, hogy milyen kevés a pénzünk és menynyire szegények vagyunk. – Ekkor megint szünetet tartott és ettől kezdve kizárólag lefelé, maga elé meredten nézett. – Egyszer, időben már nem is tudom pontosan meghatározni, hogy mikor történt, de meglepően kedves lett hozzám. Virágot hozott nekem, ami a születésnapomra sem volt soha a szokása és elsírtam magamat örömömben, de csak akkor, amikor nem látott. Talán egész életemben, soha nem kaptam még addig, ilyen figyelmet. Azt mondta, hogy valahonnan több pénzt szerzett és most már minden jóra fog fordulni az életünkben. Fodrászhoz is elvisz, mert van egy ismerőse, aki a feleségétől azt hallotta, hogy nagyon szép frizurákat szokott csinálni. Nem tudtam mire vélni ezt a különös viselkedését, kicsit azt hiszem reménykedtem, hogy a több pénz majd jobb sorsot hoz el nekünk és hogy eddig csak ezért került el a boldogság. De, amikor jobban belegondoltam a furcsaságokba, akkor már inkább félni kezdtem és magamnak sem tudtam megmagyarázni, hogy miért. Két nappal későbbre tervezte, hogy elvisz a fodrászhoz, de csak másnapra volt időpont a fodrászüzletben. A munkahelyemen azt kellett hazudnom a főnökömnek, hogy otthon maradok, mert belázasodtam. Másnap, amikor az új frizurámmal hazajöttünk, akkor gyerekekért is ő ment el, ami időnként előfordult, főleg azért, hogy dicsérgessék őt, hogy milyen jó apa. Nekem akkor arra hivatkozott, nehogy meglássanak, miután beteget jelentettem a munkahelyemen. Este, amikor a lányokat már lefektettem, szokatlanul, de továbbra is nagyon kedvesen mondta azt, hogy másnap se menjek dolgozni. Maradjak otthon és vigyázzak a szép frizurámra, mert el fog jönni hozzánk két férfi, akik nagyon jó barátai és azt szeretné, hogy tetszek majd nekik. Sőt, legyek nagyon kedves hozzájuk, mondta a Béla. „Hogy érted azt, hogy legyek nagyon kedves a két barátodhoz?", kérdeztem tőle akkor már kétségbeesetten, mert kezdtem megérteni azt, hogy mit akar tőlem, de képtelen voltam elhinni. „Mit értetlenkedsz, tudod azt te nagyon jól!" válaszolta ezt már utasítva és ingerült hangon. „Kicsit meg kellene ölelgetned csak őket, ennyi az egész!" Úgy néztem rá, mint még soha, mert meg tudtam volna ölni ott abban a percben, de egy szó sem jött ki a számon. Féltem, hogy nincs ebből semmilyen kiutam, mert ha tiltakozom, akkor én fogok pórul járni. A meghunyászkodó természetem miatt Béla nem ütött meg egyszer sem, de éreztem, hogy ezt akkor megtenné szó nélkül. Nem volt időm sokat gondolkodni, ezért aznap éjszaka félelmemben néhány ruhámat összedobáltam és a gyerekeket is hátrahagyva elszöktem otthonról. Ez volt az egyetlen lehetőségem, hogy ne árusítsa ki a férjem a testemet. A volt munkatársaim segítettek utána, majd egy ideig női szállón éltem. A mostani párommal a munkahelyemen ismerkedtünk meg és én mindent elmondtam neki. Ő segített abban, hogy elhiggyem azt, hogy engem is tud valaki szeretni.

A férfi a szavait hallgatva, odanyúlt a nő kezéhez és megsimogatta. Egészen biztos, hogy sokszor hallotta már a párja történetét, de az arcán látszott, hogy az még mindig nagy hatással van rá.

Borkával döbbent csöndességbe merültünk, majd ő megkérdezte Ilonától.

– Mindent megértettünk abból, amit elmondott, de mégis miért alakult ezek után így a gyerekekkel?

– Talán két héttel később, vonalas telefonról felhívtam Bélát. Üvöltve fenyegetett meg, hogy a közelébe ne merjek menni a gyerekeknek, mert azt nagyon megbánom. Erőt vettem magamon és ennek ellenére utána is többször hívogattam. Megfenyegettem őt én is azzal, hogy feljelentem és elveszem a gyerekeket tőle. Erre gúnyosan felnevetett és azt felelte, hogy már mindenki tudja rólam, hogy csak egy repedt sarkú, útszéli ribanc vagyok. Ne gondoljam azt, hogy bárki is hinne nekem, mert elmesélte már mindenkinek, hogy milyen sokszor árultam a testemet. Azt mondta, hogy rajtakapott a két barátjával ezért szöktem el és a lányaimat is ott hagytam, akikkel azóta sem törődök. Azt kiabálta, hogy ezek után próbáljak meg bármit is csinálni, ketten is tanúsítani fogják, hogy ez így történt, majd lecsapta a telefont én pedig tudtam, hogy semmi esélyem sincs vele szemben, mert ki állna mellém? A gondozónők vagy az óvónők, akik rajongtak a csendes, segítőkész apukáért? Az új főnököm, aki még azt sem vette észre, hogy a dolgozói is emberek? Az összes könnyemet elsírtam és reméltem, hogy a gyerekek legalább jól lehetnek. Néhányszor játékokat küldtem egy postai fiók címről. Az első kettő ajándék átvétel nélkül visszajött, de a többit valószínűleg már kidobta. Ez az én életem, minden úgy történt, ahogyan most tőlem azt hallották. – fejezte be, majd ismét megkínált pogácsával, ami akármilyen finom volt, a hallottak után már alig csúszott le az összeszorult torkomon. Tudta, hogy a kérdésünk, hogy befogadná-e a gyerekeket, csak a kisebbik lányára vonatkozik. A szeme könnybe lábadt és azt mondta

– Alig várom, mert nagyon sok bepótolnivalónk lesz az elmúlt évekből.

Nehezebb szívvel indultunk haza, mint amilyennel megérkeztünk. Útközben egyikünk sem várta el a másiktól, hogy beszéljen, mert egyszerűen, nem tudtunk mit mondani a hallottak után egymásnak. Ilona történetének nyomasztó hatása alá kerültünk mind a ketten. A hazaút mindig gyorsabbnak tűnik és ez most sem volt másként. Végig hallgattunk, majd Borka szorosan megölelt, mielőtt kiszállt az autóból.

– Majd beszélünk! Jó?! – alig hallhatóan dünnyögte az orra alatt.

– Ühüm – viszonoztam az ölelését.

Leparkoltam a ház előtt amikor eszembe jutott, hogy megnézzem, kaptam-e választ Bendegúztól. A már rám telepedett szomorúságom miatt megmagyarázhatatlan csendet hozott még az is lelkemre, hogy nem jött semmi válasz tőle. Nem tudhatta azt, hogy milyen nagyon nagy szükségem lett volna most még a leírt szavaira is.

Tizennegyedik fejezet

A Kárász lányok édesanyjától hallottakat nagyon nehezen tudtam feldolgozni, ezért két napon keresztül írtam ki magamból a felgyülemlett keserűséget, mert az mindig enyhíteni szokta a bennem dúló vihart. Az esetek mögött húzódó ártatlan, emberi sorsok szenvedése gyötört meg minden alkalommal a legjobban. A gyerekek élete tőlük függetlenül, nemegyszer kártyavárként omlik össze és utána nagyon sokszor csak rosszul épülhet újra. A liftes támadó sötét lelke saját maga mellett megfertőzött mindent, amire azt lehet mondani, hogy emberi. Gyerekként, a környezetében senki nem vette észre azt, hogy a szemük előtt bontakozik ki egy velejéig romlott gonosz. Kárász Béla, aki a színlelés tökéletes nagymestere, egy külsőleg erősnek látszó ember nem más csak egy gyáva, végtelenül gyenge lélek. De kicsoda is ez a férfi valójában? És a bíróságon elítélt, gazdag gyerekeknél mikor és melyik kártyalapot húzták ki az életükben, hogy kiüresedett lélekkel képesek voltak másokra támadni és azt is csak pusztán szórakozásból tették.

A kiadónk a lap hétvégi magazin mellékletében jelentette meg a kétoldalnyi terjedelmes cikkemet, amelyben feldolgoztam az elmúlt hónapok, jellemzően szexuális ragadózóinak hátterét és az életük alakulását. A fotósunk kifejező, művészien csodálatos képeivel illusztrálták az anyagomat, aminek különösen örültem.

Az elmúlt időszak lelki hatásaiból kikapcsolódva már a bejelentkezésem napján azonnal fogadott a fodrászom, ami egészen kivételes alkalomnak számított az elfoglaltsága miatt. A tükörben nem egy katasztrofálisan kinéző fej nézett vissza rám, de tegnap egy hete már annak, hogy Bendegúz elutazott. Soha nem néztem rá annyiszor az email fiókomra, mint a mai napon. Nem válaszolt legutóbb, de azt nem hinném, hogy csak úgy eltűnik. Délutánra azért már kezdtem kételkedni, egyrészt a férfiban, másrészt magamban. „Normális vagyok én?" – kérdezgettem egyre sűrűbben magamtól. Felnőttként nem viselkedhetek

139

úgy, mint egy kamaszlány, de azonnal meg is vigasztaltam magamat, hogy miért is ne viselkedhetnék úgy?! Egyébként úgyis csak én tudom azt, hogy mi jár a fejemben és igazság szerint türelmetlenül várakozom, mert senkivel nincs kedvem beszélgetni. Azért, hogy lekössem a gondolataimat, elővettem Popper Péter: Belső utak című könyvét, amit akkor szoktam olvasgatni, amikor kicsit elveszettnek érzem magamat. A könyvben megfogalmazott gondolatok rendszerint segítenek kibogozni a saját kuszaságaimat magam körül. Ettől eltérően, most nem igazán tett jót, mert a könyv kinyílt oldalán elsőnek ez a gondolat köszönt rám: „Nem lehetek olyan fontos mások számára, mint önmagamnak. Saját dolgaim súlya nagyobb bennem, mint a külvilágban." Pffü! Ez most nagyon nem esett jól rozzant lelkivilágomnak! Az olvasástól ezzel a gondolattal már egyből el is ment a kedvem. Próbáltam másra fókuszálni és soha, de most sem értettem azt meg, hogy az efféle várakozásnál miért telik ilyen lassan az idő. Ránéztem az üzeneteimre és akkor láttam meg, hogy már fél órája megérkezett, amire úgy vártam. „Holnap öt órakor felveszem ott, ahol a múltkor". Ez volt a lényeg és nem kérdezte, hogy ráérek-e. Miért is kérdezte volna?! Rá fogok érni! Tudja ő ezt nagyon jól!

A másnapi találkozónk előtti öt órára megbeszélt időpontjáig tartó egyetlen éjszakát, az azt követő délelőttöt és délutánt, úgy éltem meg, mintha egy végtelen időzónába csöppentem volna bele, amelynek soha nem lesz vége.

Pontosan érkeztem és éreztem az arcomat elöntő forróságot, amikor megláttam, hogy Bendegúz kiszáll az autójából és az elbűvölő mosolyával elindul felém.

– Szia! – már nem tudtam volna magázódva megszólítani.

– Szia! – válaszolta ő is, a legnagyobb természetességgel. Egyszerre kezdtük mondani, hogy „Köszönöm...", de egyikünk sem fejezte be, mert nevetésbe fulladt a kiejtett szó után az elkezdett mondatunk.

Egy csendes bárba ültünk be, ahol hangulatos fények világították meg az asztalokat, amelyeket növények választottak el, így megfelelő távolságra ülhettek a vendégek egymástól. Rajtunk kívül, még négy pár beszélgetett a halk háttérzenében. Koktélt rendeltem, mert bármennyire közvetlenné vált már a találkozásunk első pillanatától a hangulat, mégis némi bátorságot akartam meríteni az alkoholból. A beszélgetésünk az eltelt hetek eseményeiről szólt és egyikünk sem említette a múltkori kínos élményt, de fontos volt számomra, hogy erre feltétlenül sort kerítsünk. Mindig zavartak a lezáratlan kérdések, amelyek kivétel nélkül, minden esetben, hiányérzetet hagynak maguk mögött.

– Sajnálom, de szeretnék kérdezni valamit tőled – fogtam hozzá.

– Hallgatlak csak kérdezz! – jól láttam a szemében, hogy pontosan tudja, hogy mit fogok kérdezni.

– Azt írtad, hogy átgondoltad a múltkori reagálásomat, ami miatt be kell, hogy valljam neked, hogy utólag is nagyon szégyelltem magam.

– Megértem, de nem szerettem volna, hogy emiatt szégyenkezz! – szót közbe – Nekem is volt ezzel bőven dolgom! Hazudnék most, ha azt állítanám, hogy nem ütött szíven, ami elhangzott tőled, de leginkább nagyon szomorú lettem. Ott volt velem egy csodálatos nő, akivel úgy tűnt, szavak nélkül is megértjük egymást. Éppen ezért önmagamhoz viszonyítva is jobban, sőt azt hiszem inkább túl gyorsan megnyíltam neked. A mondatoddal megkérdőjelezted az őszinteségemet és napokat rágódtam azon, hogy vajon tényleg ennyire félreismertelek-e? Lassan ez a feltételezésem a józan eszem hatására egyre jobban halványodni kezdett. Magamat hibáztattam, hogy többet mondtam el, mint az első találkozásunkkor kellett volna. Persze, ha valóban annyira más lennél, mint amilyennek képzeltelek, akkor jobb, ha előbb derül az ki, hogy mi nagyon mások vagyunk. Mire idáig eljutottam a gondolataimban, már nem is bántott az, hogy így történt. Amikor pedig arra kezdtem figyelni, hogy miért mondhattad ezt, akkor azt hiszem arra is rájöttem. Az életedben történhettek olyan csalódások, amelyek velem kapcsolatban is ezt sugallták neked és a feltételezésed elsősorban a félelmedről szólt – a szemembe nézve mondta végig mindezt.

– Örülök, hogy a magad rossz érzésén túl is képes voltál arra gondolni, hogy miért lehettem tapintatlan. Akkor én legszívesebben, azonnal visszamentem volna az időben, hogy ez a mondatom soha ne hangozhasson el. Jól gondoltad, mert kétszer jártam hasonló cipőben, ami nagy csalódást okozott és mély sebet ejtett rajtam. Azt hiszem ezért is zárkóztam el jobban és teremtek manapság nehezebben kapcsolatot. Téged nem ismertelek, ezért bármennyire szimpatikus voltál...

– Voltam?! – szólt közbe színlelt felháborodással, majd elnevette magát.

– Helyesbítek! Szimpatikus vagy, de a „válófélben vagyok" kezdetű mondatokat, ezek szerint a mai napig, nem viselem jól. Gondolkodtam én is sokat és azt hiszem rá kellett jönnöm arra, hogy ki kell vágnom a fát ahhoz, hogy megláthassam az erdőt.

– Szóval én voltam az erdő!

– Valahogy úgy! Pontosan így történt! – nevettem el én most magamat.

A beszélgetésünk ettől kezdve már teljesen megváltozott, mert mintha évek óta együtt lennénk, mindenről a legnagyobb természetességgel tudtunk beszélni. Elmesélte a múlt heti útját, ahová munkaügyben ment, mert valószínűleg Európa több országába is fognak szállítani a játékaikból. Az ügyvédek már dolgoznak a szerződéseiken. Nekem is volt miről beszélni, de mint kiderült, a hétvégi írásomat már elolvasta, így ezekről a témákról könnyebben váltottunk szót. A legfeltűnőbb mégis az volt, hogy számtalanszor fogalmaztunk meg a teljesen egyforma gondolatainkat.

Éjjel értem haza, valami megfogalmazhatatlan és rejtélyes boldogsággal a szívemben. Ma este kivételesen kikapcsoltam a telefont, hogy ne zavarjanak, amíg Bendegúzzal vagyok. Meglepődve láttam a bekapcsolása után, hogy Borka keresett, de mivel nem írt semmit, ezért nem aggódtam, hogy esetleg nagyon fontos lehetett.

Tizenötödik fejezet

Borka gondterhelten gondolt vissza a faluban tett látogatásra és nem tudta elengedni a lelkében összesűrűsödött keserűségét. Sajnálta Ilonát, akit az elvesztett gyerekkora után elszakítottak a gyerekeitől is, úgy, hogy a teljes tehetetlenséggel kellett szembesülnie. Pszichológusként teljesen át tudta érezni azt a kiszolgáltatottságot, amelybe a férje hajszolta a nőt az aljasságával. Szakmai kudarcként élte meg azt, hogy valaki egy ilyen helyzetben teljesen benne tud ragadni, anélkül, hogy rendszertől segítséget kaphatna. A látogatást követően, Anita rövidesen édesanyjához költözhetett, mert mindent rendben talált a gyámhatóság, az addig apa által rosszhírűnek kikiáltott szülőnél. Az iskolai tanévből már csak napok voltak hátra, ezért a kislánynak a meglévő jegyei alapján sikerült az idei iskolaévét lezárni.

Ilona a kislány beköltözését követően, boldogan telefonált és megköszönte, hogy legalább az egyik gyermekét visszakaphatta. A nagyobbik lány Alexa pedig visszament az apjához és a húgát hazug kígyónak titulálta és kitalációnak mondta az egész vádat, ami az apjuk ellen elhangzott. Azt állította mindenhol, hogy az anyjuk cserbenhagyta őket és azóta az apjukról mindenki tudja, hogy mennyire jó szülő, akitől minden megkaptak az anyjukkal ellentétben, aki soha nem törődött velük.

Ma délután Borka egyedül maradt a munkahelyén, mert az asszisztensnek orvoshoz kellett mennie, a szociális munkások pedig terepen voltak iskolában, óvodában vagy valamelyik családnál. Elgondolkodott azon, hogy milyen rosszul nevezték el a kollégái szakmáját, ami sokszor adott félreértésre okot és ez akkor derült ki, amikor a diplomához kötött, szociális munkás állásra egyszerűbb teljesen más elképzeléshez kötött jelentkezőket kellett elutasítani a vezetőnek. Nagyon különösen hatott ez a csend a házban, mert ott folyamatosan mindig voltak gyerekek és felnőttek, akikkel a szolgálat munkatársai dolgoztak. Borka mai, egyetlen ügyfele lemondta, mert szülői értekezletre kellett mennie és mivel másnak nem volt időpontja, ezért ráérősen a tesztjeit kezdte elrendezgetni. Szétválogatta és a polcokra tette azokat, amelyeket csak nagyon ritkán használt. Nyomtatni kezdett néhány értékelő lapot, amelyek már elfogytak és mindig az utolsó pillanatban veszi észre, hogy az éppen használt teszthez, majd szüksége lesz rá. A fénymásoló erős zaja elnyomta a háta mögött nyíló ajtó hangját és nem vette észre, hogy valaki bejött. Amikor megfordult, hogy új lapokkal töltse meg a gépet, felsikoltott a váratlanul előtte felbukkanó alak látványától.

– Jaaj, de megijesztettél, nem hallottam meg, amikor bejöttél! – mondta Borka, a váratlanul előtte termett Sárinak.

– Bocsánatot kérek, nem akartam megijeszteni – mondta a lány – csak új időpontért jöttem, mert a múltkor volt itt valaki és nem volt kedvem várni, amíg bemehetek.

Igen, akkor jött ide Kárász Béla, emlékezett vissza a lány mondata közben Borka, majd azt válaszolta:

– Semmi baj Sári, csak a nyomtató hangja volt túl zajos, amikor bejöttél, ezért semmit nem hallottam és valószínűleg el is gondolkoztam. Sajnálom, hogy a múltkori alkalommal nem találkoztunk, de nem voltál még itt és váratlanul jött valaki hozzám. Ha van most kedved és időd, akkor itt maradhatsz, mert éppen senkit nem várok ma.

– Igen, itt maradnék! – válaszolta habozás nélkül a lány.

– Sári, a szüleidnek nem akarsz telefonálni, hogy itt vagy nálam és ezért később érsz majd haza? – kérdezte Borka

– Nem, az nem fontos! – válaszolta.

Borka ránézett és hagyta, hogy Klári döntse el azt, hogy miről szeretne ma vele beszélni. Megfordult az is a fejében, hogy valamelyik tesztet esetleg érdemes lenne Sárival megcsináltatnia, de a lány nem ezért van itt és lehet, hogy ettől megijedne – hessegette el magától gyorsan a gondolatot, de kénytelen volt megszólalni, mert csak ültek szó nélkül egymással szemben már egy ideje.

– Történt valami veled Sári, amióta nem találkoztunk?

– Nem, nem volt semmi különös! Az egyik kistestvérem megfázott és nekem kellett az orvoshoz elvinni – ezek után újabb csend következett.

– A szüleid jól vannak?

– A szokásos. Apukám iszik, anyukám állandóan kiabál vele, de hiába, úgyis így marad minden.

– Nem is kérdeztem még tőled Sári, hogy mikor fog megszületni a kisbaba?

– Szeptember közepén valamikor, nem is tudom a pontos napot, de majd megnézem.

– Sikerült már beszereznetek a babának a fontos holmikat?

– Nem, még nem! Anyukám azt mondta, hogy az még ráér.

– Megbeszéljük majd, mire van szükségetek és megpróbálok szerezni kiságyat, babakocsit, meg ami majd még kell nektek – mondta a pszichológus, de semmilyen reakciót nem váltott ki Sárinál az elhangzott felajánlása sem.

A fiatal lány lehajtott fejjel ült, csak néha nézett fel a vele szemben ülőre. Valami másként alakult most, mint az előző beszélgetéseknél, mert Sári az utóbbi alkalmakkor már egészen felszabadultnak látszott. Rövidesen hosszabb ideig nézett Borka szemébe és látható elszántsággal azt mondta:

– A múltkor, amikor eljöttem, mert elhatároztam, hogy elmondom, ami valójában történt velem. Nem bántam, hogy volt itt éppen valaki, mert kicsit megijedtem attól, hogy kiderül az igazság, ezért mentem is el akkor – rövid hallgatás után kezdett bele – karácsonykor elmentem egy itteni lányhoz, aki a barátnőm és jól kijövünk egymással, ezért időnként szoktunk találkozni. Mindig én mentem hozzá vagy csak a parkban összefutottunk. Az ünnep másnapján, amikor elmentem hozzájuk ő és az apja volt csak otthon. Ketten beszélgettünk, amikor a lány apja bejött és azt mondta a barátnőmnek, hogy menjen el, hozzon kólát, mert nincs otthon innivalójuk. Az ünnep miatt csak egy elég messze lévő kisbolt volt nyitva ezt mondta is a lányának. Nekem nem volt kedvem elmenni vele, addig ott maradtam és a lányoknak szóló újságokat olvastam a szobájában, mert mi nem szoktunk ilyen drága lapokat megvásárolni. Miután a barátnőm elment, közvetlenül azonnal utána bejött az apja és szó nélkül az ágyra tepert és megerőszakolt.

Borka döbbenettel hallgatta, de az elmondottak nem okoztak akkora nagy meglepetést neki. Egyértelmű volt számára idáig is, hogy az udvarló fiú csak kitalált hazugság és valami súlyosabb el nem mondott dolog húzódik a lány története mögött. A kimondott titok után látta Sárin a megkönnyebbülését. Szegény, az állapotossága mellett ezt a terhet is nehezen hordhatta idáig magában.

– Mi történt ezek után?

– Visszajött a barátnőm, de nem mondtam neki semmit és addig elmenni se mertem, amíg haza nem érkezett. Az apja megfenyegetett azzal, hogyha bárkinek el merem mondani, akkor nagyon nagy bajba kerülök. Meg fog találni és úgysem hinne nekem senki, mert majd azt mondja, hogy én akartam, mert kikezdtem vele. Semmit nem szóltam erről a barátnőmnek, hanem azt hazudtam, hogy megfájdult a hasam és ezért megyek haza.

Borka egész testén jeges rémület futott át, mert ez a fenyegető mondat nagyon ismerősen hangzott a közelmúltból. Ilonának mondta szinte szóról szóra, ugyanezt a férje. Rettegett a választól, amikor meg merte kérdezni Sáritól.

– Megmondanád nekem, hogy hívják azt a férfit.

– Kárász Bélának – válaszolta.

A pszichológus úgy érezte, hogy minden ereje elszáll belőle, de ezt Klárinak nem mutathatta ki. Felállt, hogy időt nyerjen és mindkettőjük számára vizet hozzon, miközben a sírás fojtogatta. Eszébe jutott a múltkori alkalom, amikor a férfi teljesen véletlenül, hajszál híján összefutott itt nála a lánnyal.

– Sári! Bárkinek elmondtad már azt, amit most nekem?

– Nem, senki nem tudja és nem is akarom, hogy bárki megtudja – válaszolta meglepő határozottsággal.

Borka finoman győzködni kezdte arról, hogy ez bűncselekmény és aki ilyet csinál, annak felelnie kell a tettéért.

– Nem tehetem azt, hogy hallgatok erről Sári és ez a férfi ezt ezért megúszhatja!!! – mondta Borka.

– A szüleim úgysem tesznek majd semmit! Azt fogják mondani, hogy miért nem vigyáztam jobban magamra – inkább közönnyel mondta ezt, mint szomorúsággal vagy dühösen.

– Nem szeretném elveszíteni a bizalmadat, amivel hozzám fordultál, de legalább próbáljuk meg! – erősködött tovább a pszichológus.

– Rendben van! – mondta már ezt minden meggyőződés nélkül felállva a lány és nem látszott rajta, hogy megbánta volna az őszinteségét.

Miután elment, Borka bezárta utána a bejárati ajtót és nagyon sokáig ült ott egy helyben, mert azt érezte, hogy megsemmisült és az egész szakmája semmit nem ér. Rá várt a feladat a továbbiakban, de ma már senkit nem fog elérni. Holnap azonnal meg kell tennie a szükséges lépéseket. Arra gondolt, hogy ilyen kora esti órákban, kizárólag Kirával oszthatja meg ezt a rettenetet, ami olyan súllyal nehezedett rá, hogy azt érezte, hogy összeroppan alatta.

A hívott számon az „előfizető jelenleg nem kapcsolható" gépi hang válaszolt neki. Hangposta nincs, ezért letette a telefont, de később is csak ugyanazt a választ hallhatta a hívott féltől.

Nagyon régen érezte azt magában, hogy pályát tévesztett, de most elviselhetetlen volt számára az, hogy ilyen súlyt viseljen, mert körömszakadtáig hitt abban, hogy az emberek nem roszszak és segítséggel mindenkiben meg lehet találni a jót. „Mit találjak meg a Kárászban, amire azt mondhatom, hogy jó?" – kérdezte saját magától. Milyen ember az, aki másoknak, elvileg a szeretteinek is, örökre tönkre tette az életét?Sári családja hogyan lesz képes harcolni majd a lányuk igazáért? Semmit nem tudott tenni Kárász felesége, Ilona sem! Már az utcán ment hazafelé és nem vette észre a részvétet a vele szemben érkezők arcán. Kizárta a külvilágot és fel sem tűnt neki, hogy folyik a könnye és közben megállás nélkül törölgeti a szemeit. Váratlanul egy idősebb asszony megállt vele szemben és megkérdezte tőle: „Segíthetek valamiben kedvesem?" Borka meglepetten állt meg és megköszönte a kedvességét. Legszívesebben a nő nyakába borult volna, hogy a vállán jó hosszan kizokogja magát. Sokáig bolyongott még céltalanul az utcán, nem tudott hazamenni, mert félt az otthonában érzett magányától. Teljes sötétség borult már a városra, amikor végre kinyitotta a lakása ajtaját maga előtt. Azt érezte, mintha súlyosan beteg lenne és ez az érzése halálos kimerültséggel és teljes tompasággal párosult. Gépies mozdulatokkal végezte a megszokott dolgait. Zuhanyozás után többnyire olvasással vagy filmnézéssel töltötte az estéit, de ez most nem ő volt, nem az optimista Borka. Idegennek érezte saját magát, valaki olyannak, aki nem ismerte őt, de el tudta foglalni a teljes elméjét és bezárta a gondolatait. Az ágyában feküdt és órákon keresztül csak az zakatolt a fejében, hogy el akar aludni. Az alvást, mint az önbecsapás módszerét szerette volna segítségül hívni, ami azt ígérte neki, hogy holnapra minden jobb lesz és semmi nem igaz abból, ami az utóbbi időben történt vele.

Epilógus

A Nap melege ismét új életre keltette a természetet és a május tavaszi, színes virágokkal szórta tele a fákat. Azon gondolkodtam, hogy milyen szerencse az, hogy az évszakok körforgásába nem tud beleavatkozni az ember, mert efölött nincsen hatalma. A teraszunkon sorakoztatott leandereinken rengeteg apró kis virág kezdett rügyet bontani. Képtelen vagyok betelni ezzel a vegyes, meghatározhatatlan virágillattal, amit az évszaknak ebben a szakaszában érezni lehet a levegőben. Nincs olyan különleges parfüm, amellyel ez vetélkedhetne. A kényelmes kerti karosszékben a lábaimat az előtte elhelyezett lábtartóra nyújtva pihentetem és az ölemben kinyitva a félbehagyott izgalmas könyv arra várt, hogy nekiálljak olvasni. A simogatóan napfényes reggeli csendben csak a madarak hangos és dallamos párkereső füttyét lehet hallani. Ma van éppen egy éve annak, hogy a Bendegúzzal eltöltött este után olyan boldog voltam, amilyen még talán soha életemben egyszer sem. Anélkül, hogy ezt megbeszéltük volna, mindketten tudtuk, hogy attól a naptól kezdve mi összetartozunk.

Azon a késő éjszakán amikor hazaértem, úgy éreztem, hogy az egész világot szeretném magamhoz ölelni és mindenkinek átadni valamit abból a boldogságból, amitől én a felhők felett jártam. Úgy aludtam el abban a felhőtlen mámorban, mint egy kisgyerek, aki mindent megkapott, amire csak vágyott. Azt képzeltem, hogy attól a naptól kezdve még a kedvemet sem ronthatja el senki és semmi és még a világ is jobbá és szebbé fog válni.

De reggel hét órakor az álmaim nyugodt szárnyalásába durva valóságként tört be a bejárati ajtónál levő csengő kellemetlen hangja. Gyorsan magamra kaptam az este már kikészített ruhámat és anélkül, hogy megkérdeztem volna, hogy ki az, kinyitottam és a döbbenettől nem tudtam megszólalni, amikor megláttam Borka ismeretlenek tűnő sápadt, kialvatlan arcát.

A szép vonásait teljesen eltorzította a rajta azonnal szembetűnő szomorúság.

– Gyere be! – öleltem magamhoz és úgy kísértem be a nappali kanapéjára. – Maradj itt, hozok egy erős kávét neked és magamnak is.

Tálcára tettem a kávéscsészéket, mellé kekszet és a tegnap vásárolt két croissant. Borka látványa alapján nem bíztam abban, hogy akár egy falatot is enni fog, de reménykedtem, hogy talán mégis!

– Valami nagyon nagy baj történt ugye?! Tegnap láttam a hívásodat, de éjfél után jöttem haza és akkor már nem akartalak zavarni – mondtam neki.

– Kira! – kezdett bele – Életem egyik legszörnyűbb napját éltem át tegnap és ne haragudj, hogy ma ilyen korán idejöttem, de sietni akarok a munkahelyemre. Muszáj volt azonban eljönnöm, hogy meg tudjam osztani veled, ami történt, mert azt hiszem komoly traumát éltem át. Tudom, hogy egy pszichológustól ez elég furcsán hangzik, mert mindenki azt gondolhatja, hogy én meg tudom magam oldani a problémáimat, de közel sincs ez így. Ahogyan a fogorvosnak is, ha fáj a foga, nem tudja magának kihúzni.

Láttam és azt érzékeltem, ahogy saját magának is magyarázkodik, de nem akartam a nyugtatgatásommal közbe szólni. Nézett rám, majd így folytatta:

– Nem meséltem arról neked, hogy az utóbbi hónapokban az emberi ostobaság és gonoszság milyen széles skálájával kellett szembesülnöm, de a tegnapi napon már elviselhetetlennek éreztem azt, ami a tudomásomra jutott. Ettől olyan kétségbeesett kínt éltem át, hogy az egész szakmámat legszívesebben sutba dobnám. Igaz, hogy nagyon fáradt voltam az elmúlt hónapok eseményeitől és még attól is, amit mi ketten éltünk át. Tegnap a keserűség teljesen elhatalmasodott rajtam és talán egy órát, ha tudtam aludni az éjjel. Ma már a pszichológusi munkámról nem azt gondolom, amit tegnap, de a szomorúságomon nem sikerült egyelőre túllépnem.

Még mindig nem mondta el, hogy mi a baj és nekem úgy tűnt, mintha halogatná és ezzel talán meg nem történtté tudná tenni a számomra még ismeretlen történetét. Sejtelmem sem volt, hogy mitől borult ki ennyire, egészen addig, amíg nem hallottam a saját fülemmel is.

– Tegnap eljött hozzám időpontot kérni a Csirkés Sári. Éppen ráértem, senkit nem vártam, ezért ott marasztaltam és ő ezt szívesen elfogadta. A semmitmondó dolgokról szóló beszélgetésünk közben kibökte, hogy a múltkor azért jött el hozzám, hogy elmondja a vele történt igazságot. Ez nagyon jó hír, gondoltam akkor. Már jó ideje vártam erre a vallomására, amint ezt neked is említettem Kira.

Helyeslésként bólogattam, de nem szólaltam meg.

– A lány elmesélte, hogy karácsonykor egyedül maradt abban a házban, akinél vendégségben volt, mert a barátnőjét elküldte az apja vásárolni. Az ünnep miatt csak távolabb talált nyitva tartó kis üzletet, ami miatt hosszabb ideig távol maradt. A lány apja eközben bement hozzá a szobába, ahol ő újságokat olvasott. A férfi szó nélkül odalépett, leteperte az ágyra és durván megerőszakolta.

– Hú, ez rettenetes! – szóltam közbe.

– Nem Kira! – mondta – amiért én eléggé csodálkozóan néztem rá. – Az igazán borzalmas az, hogy ezt a mocskosságot a Kárász Béla tette.

Döbbenten dőltem hátra a fotelben és képtelen voltam megszólalni, de azonnal megértettem Borka kétségbeejtő lelkiállapotát. A férfi, akinek annyi minden volt már eddig is a rovásán, olyasmit tett, ami már felfoghatatlan volt vele kapcsolatban.

– Tegnap, amikor ezt meghallottam, még attól is hatalmas pánik tört rám, hogy a múlt alkalommal, amikor Sári eljött hozzám, a szobában éppen a váratlanul érkezett Kárásszal ültem, amiről meséltem is neked. Elképzelni sem tudom mi történik, ha a lány nem megy el, hanem vár rám és ők ott összefutnak nálam.

Miután nagy nehezen felocsúdtam a döbbenetemből, rákérdeztem:

– Neked mondta csak el, hogy mi történt vele?

– Igen, mert félt! A Kárász, ugyanúgy ahogy a volt feleségét, őt is nagyon megfenyegette. Ez az egész nagyon sok volt nekem Kira!

– És hogyan tovább most Borka? – kérdeztem

– A munkahelyem hivatalból feljelentést tesz és remélem ott végzi ez az ember, ahová már régóta való lenne. El is kell most indulnom, mert intézem az ehhez szükséges formaságokat. Láttam némi megnyugvást Borkán, ahogy az elmondottak könnyítettek a lelkén. A szemébe is kezdett visszatérni a csillogás és ezzel együtt az elszántságát is felfedezni véltem. Megittuk a kávénkat és rákérdezett, hogy miért volt a telefonom – a szokásomtól eltérően – kikapcsolva. Azt válaszoltam neki, hogy ez hosszabb történet, de egyáltalán nem rossz dolog, ne aggódjon és a „majd legközelebb elmesélem" ígérettel búcsúztunk el egymástól. A szolgálat feljelentette Kárász Bélát és reménykedtünk az igazságszolgáltatás minél előbbi intézkedésében.

A következő hónapban Borka beleszeretett egy kollégájába, akiről kiderült, hogy már jó ideje tetszett neki. Mindketten megpályáztak egy másfél évig tartó, külföldi ösztöndíjat, ahol azóta is együtt élnek és a beszélgetéseinkből úgy tudom nagyon nagy közöttük a szerelem.

Kárász Béla ügye hónapokkal később is nyomozati szakban tartott még. Sári szülei nem sürgették az eljárást. Ennyit tudtam csak meg utólag az ügyről. Az biztos, hogy a börtönbüntetéstől még nagyon messze volt.

Tavaly nyáron Enikő élete is révbe jutott, mert elköltözött Zoltánhoz, akit a továbbképzésen ismert meg. Nem lakunk nagyon távol egymástól, de csak telefonon tartjuk a kapcsolatot. Jövő hónapban lesz az eljegyzésük és akkor fogunk legelőször személyesen találkozni azóta.

– Nagyon elmerültél úgy látom! –a nappaliból kilépve Bendegúzt hallottam, ahogy hozzám szól. Leült mellém és közben megsimogatta az egész kerekre gömbölyödő hasamat.

– Eszembe jutottak a tavalyi évben történtek és ezeken gondolkodtam el olyan mélyen – néztem rá mosolyogva.

– Hoztam neked friss újságot, nehogy kimaradjál valami fontos hírből és tudom, hogy ez legalább olyan neked, mint a reggeli narancslé – kuncogta el magát, mire én megsimogattam a hasamon felejtett kezét.

– Köszönöm, hogy hoztad, mert tényleg nem bírnék hírek nélkül létezni. Mikor mész el itthonról? – kérdeztem tőle.

– Nemsokára, de nagyon hamar hazajövök, hogy „mindketten" állandóan érezzétek a jelenlétemet és különben is tudom mennyire hiányzom.

Boldog vagyok, ahányszor csak ránézek erre a férfire, akit változatlanul és mérhetetlenül szeretek. Gyakran jut az eszembe, hogy mennyire hálás vagyok a Főnöknek, aki azon a napon maga helyett küldött el az óvoda megnyitójára.

– Jó lesz, ha sietsz, mert nélküled minden annyira más, vagyis semmi nem olyan jó, mint amikor itt vagy. Még azt is szeretem, ha a szobából hallom, ahogyan motoszkálsz valamivel – húztam a kezét az arcomhoz.

Miután puszit nyomott a hasamra, átölelt engem is, amit soha nem lennék képes megunni.

Az életem teljesen megváltozott attól az estétől kezdve. Három hónappal később költöztem hozzá és azóta itt élünk ebben a gyönyörű helyen épült családi házban, amit nem sokkal öszszeköltözésünk előtt vett meg Bendegúz. Várhatóan két hónap múlva születik meg a babánk, akiről nem tudjuk, hogy fiú vagy lány lesz, mert egyikünk számára sincs ennek semmilyen jelentősége. A múlt nyáron teljesült a vágyam, mert megtanultam lovagolni is, így a terhességem negyedik hónapjáig csodálatos közös élményekben volt részünk. Az esküvőt jövő tavaszra tervezzük, de ez semmit nem fog változtatni, mert ennél jobb már úgysem lehet a kapcsolatunk.

A gondolataimból Lobo, a német juhászkutyánk zökkentett ki, amikor a nedves hideg orrával megbökdöste a kezemet. Egy ideje már türelmesen itt várta mellettem, hogy a labdáját eldobjam, amit mellém tett le a terasz kövére. Úgy látszik megunta már a hosszan várakozást és finoman figyelmeztetni akart arra, hogy itt az ideje a játéknak. Az első naptól elfogadott engem, mert érezhette, hogy milyen régóta vágyom már kutyára. Bendegúz vicces sértődöttséggel meg is szokta jegyezni, hogy féltékeny, mert elszerettem a kutyáját. Lehajoltam és jó meszszire hajítottam el a labdát, de nem volt kétséges számomra, hogy ezt még jó néhányszor meg kell majd ismételnem, mert nem adja fel olyan könnyen. Ahogy előrehajoltam, hogy felvegyem a játékát a napilap lecsúszott a földre az ölemből. Láttam, hogy az egyik cikk az „Erdőben talált ismeretlen holttest" címet viseli, amely alatt az A. L. monogramjáról tudtam, hogy ezt a főszerkesztő helyettesünk írta. A nőgyógyász javaslatára, nem jártam már be a szerkesztőségbe, de mindennap elolvastam a kollégáim cikkeit. Előfordult az is, hogy a segítségemet kérték abban, hogy egy átküldött anyagot írjak meg. Szívesen fogadtam az ilyen kéréseiket, mert ugyan csak nagyon kicsit, de azért hiányzott a munkám.

A kerti asztalon megszólaló dallam, anya számára volt beállítva a telefonomon. Mindennap beszéltünk és hetente egyszer vagy kétszer el is jöttek meglátogatni bennünket.

– Hogy vagy kislányom? – kérdezte azonnal.

– Nagyon jól vagyok anya! A teraszon üldögélek és élvezem a napsütést, miközben a múlt év történéseire emlékeztem. Ma eljöttök hozzánk?

– Sajnos nem tudunk, mert apának megártott valami és elrontotta a gyomrát. Ezért is hívtalak, hogy szóljak és érdeklődjek, hogy minden rendben van-e veletek?!

– Remélem semmi komolyabb baja nincs apának! – mondtam most én, kissé aggódó hangon.

– Nem, semmi különös, ne aggódj! Kicsit többet evett a májusi cseresznyéből, amit persze evés előtt, nem mosott meg – nevetett. – Hívlak majd, de addig is vigyázz az unokámra!

A szüleim számára olyan volt a még meg sem született babánk, mintha már együtt ebédelne velünk az asztalnál. Bendegúzon és rajtam kívül ők voltak a legboldogabbak, mert azt kívánták, hogy egyszer majd láthassák még az unokájukat megszületni.

Kezembe vettem a leesett újságot, mert a túlságosan nyugodt életemet muszáj néha felborzolnom. Az erdőben talált holttestről szóló cikket kezdtem elsőként elolvasni.

„...múlt héten az erdőben sétáló fiatal pár egy jó állapotú sportcipőt talált az avarban, majd elkezdték keresni a cipő párját, de azt egy ágakkal letakart halott férfi lábán találták meg. A rendőrségnek napokba tellett, amíg a gyilkosság áldozatát azonosították, mert senki nem jelentette az ötven év körüli férfi eltűnését. A személyazonossága megállapítása után a gyilkosság elkövetésével egy helyi vállalkozót gyanúsítanak, akinél a meggyilkolt férfi dolgozott. K.B.-t már le is tartóztatták, akivel a feltételezések szerint, pénzelszámolási vitájuk lehetett." Beleborzongtam még a gondolatba is, amikor az elkövető monogramját megláttam. Az újságnál valószínűleg csak ennyi információt tudhatnak, őket hiába is kérdezném arról, hogy mi lehet a gyilkos teljes neve.

Lobo meglepett csalódással vette tudomásul, hogy minden cirógatás nélkül hagyom ott a labdájával együtt. Hihetetlen izgalom vett erőt rajtam, mialatt kikerestem Kécskei Tibor telefonszámát. Türelmetlenségemet csak fokozta, hogy nem válaszolt a hívásomra. Régóta nem beszéltünk már és remélem nem cserélte le azóta másikra a telefonszámát, ezért látni fogja, hogy kerestem. Egész délelőtt úgy éreztem, hogy nem tudok egy helyben megmaradni, mert bármibe fogtam bele, rövid időn belül már abba is hagytam. Kora délután volt, amikor megszólalt a telefonom és a kijelzőn végre a kapitány nevét láttam.

Kölcsönösen örültünk egymásnak, és elmeséltük azt, hogy mi történt velünk az elmúlt hónapokban, de én alig vártam, hogy az udvariasságot félretéve megtudjam azt, amit már nagyon szeretnék. Végre miután rákérdeztem, azt válaszolta, hogy nem tudja a pontos nevet, de utánanéz és azonnal vissza fog hívni, amint megtudja. Délután, amikor Bendegúz hazaérkezett, rögtön látta rajtam, hogy mennyire feszült vagyok. Visszaidéztem neki a tavaly történt borzalmas emlékeket a férfiról, aki mindenkit be tudott csapni a viselkedésével és azt is, hogy hány ember életét tette tönkre és ennek ellenére a mai napig szabadlábon van. Elviselhetetlenül lassan telt az idő és most már mind a ketten feszült várakozásban voltunk. Nem hiszem, hogy valaha az életemben kívántam-e valakinek azt, hogy ő legyen a gyilkos, de most ezt szeretném. Bendegúz is hiába kísérletezett bármivel, sehogy sem sikerült erről a figyelmemet elterelnie. Amikor végre megszólalt, azonnal felkaptam a telefonom. Semmit nem értettem meg az elhangzott mondatokból csak azt a néhány szót, amely úgy hatott rám, mintha egy hatalmas kő zuhant volna le a szívemről. „Kárász Béla a gyilkos neve".

Bendegúz szorosan magához ölelt, mialatt a könnyeimen keresztül nézve próbáltam nyomkodni az apró betűket a telefonomon. Megírhattam végre Borkának azt a hírt, ami megszabadíthatja az ő lelkét is attól a tehertől, amiről biztosan tudom, hogy az elmúlt évben soha nem engedte őt szabadon.

„Minden gazember hősnek képzeli magát"

(Tom Hiddleston)

A HEART FOR AUTHORS À L'ÉCOUTE DES AUTEURS MIA KAPΔIA ΓIA ΣΥΓΓ
FÖR FÖRFATTARE UN CORAZÓN POR LOS AUTORES YAZARLARIMIZA GÖNÜL VERELIM SZ
PER AUTORI ET HJERTE FOR FORFATTERE EEN HART VOOR SCHRIJVERS TEMOS OS AUT
SERCE DLA AUTORÓW EIN HERZ FÜR AUTOREN A HEART FOR AUTHORS À L'ÉCO
BCEЙ ДУШОЙ К АВТОРАМ ETT HJÄRTA FÖR FÖRFATTARE Á LA ESCUCHA DE LOS AUTO
ΓIA ΣΥΓΓΡΑΦΕΙΣ U CUORE PER AUTORI ET HJERTE FOR FORFATTERE EEN
SZERZŐINKÉRT SERCE DLA AUTORÓW EIN HERZ FÜ
O CORACÃO BCEЙ ДУШОЙ К АВТОРАМ ETT HJÄRTA FÖ

A szerző

Urbán Erika Pécsett látta meg a napvilágot. A fiatalon eltervezett jogi vagy újságíró pálya helyett pedagógiai, pszichopedagógiai, szociológiai egyetemi tanulmányokat folytatott és emellett újságíró, tranzakcióanalitikus, családterápia és mediátor képzésen bővítette tudását. Látásmódjának fontos alappillére, hogy az emberek belső mozgatórugóit is képes legyen észrevenni. Meggyőződésévé vált, hogy a generációkon átörökített érzelem vagy érzelmi megfosztottság gyakran meghatározza az emberi sorsok alakulását. Alapítványi elnökként számtalan családon belüli erőszakot elszenvedett nőnek és gyermeknek segített, ugyanakkor a gyermekláthatást biztosító ügyeleten nagyon sok tönkrement férfiélettel találkozott, de az igazi vesztesek mindig a gyerekek voltak.

Örök optimizmus és az emberekbe vetett bizalom jellemzi az életét. Novellái és még kiadatlan írásai is várják, hogy életre kelljenek és örömet szerezzenek és információkat adjanak az olvasóiknak.

A kiadó

Aki feladja,
hogy jobbá váljon,
feladta,
hogy jobb legyen!

E mottó alapján a novum publishing kiadó célja
az új kéziratok felkutatása, megjelentetése,
és szerzőik hosszútávú segítése. Az 1997-ben
alapított, többszörösen kitüntetett kiadó az egyik
legjelentősebb, újdonsült szerzőkre specializálódott
kiadónak számít többek között Ausztriában,
Németországban és Svájcban.

**Valamennyi új kézirat rövid időn belül egy
ingyenes, kötelezettségek nélküli kiadói
véleményezésen esik át.**

További információkat a kiadóról és
a könyvekről az alábbi oldalon talál:

www.novumpublishing.hu